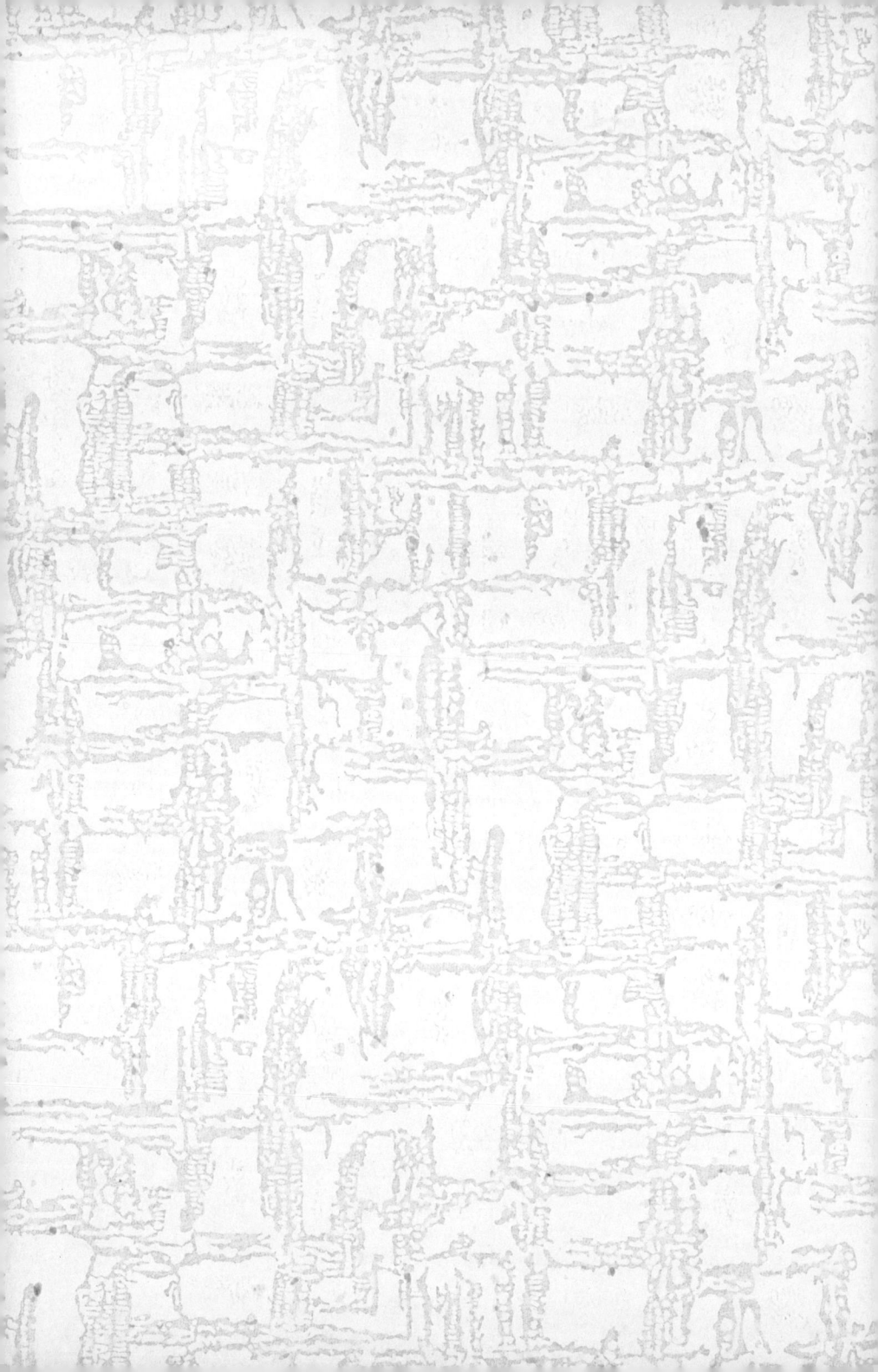

野蛮时代的悲悯与关爱

胡适论女权

胡适 著

中国言实出版社

图书在版编目（CIP）数据

野蛮时代的悲悯与关爱：胡适论女权 / 胡适著 . —

北京：中国言实出版社，2014.1

　　ISBN 978-7-5171-0336-3

　　Ⅰ . ①野… Ⅱ . ①胡… Ⅲ . ①散文集—中国—现代

Ⅳ . ① I266

　　中国版本图书馆 CIP 数据核字（2013）第 308965 号

责任编辑：王文娟

出版发行　中国言实出版社

　　　　　　地　址：北京市朝阳区北苑路 180 号加利大厦 5 号楼 105 室

　　　　　　邮　编：100101

　　　　　　电　话：64966714（发行部）51147960（邮　购）

　　　　　　　　　　64924853（总编室）64924745（四编部）

　　　　　　网　址：www.zgyscbs.cn

　　　　　　E-mail：zgyscbs@263.net

经　销　新华书店

印　刷　北京普瑞德印刷厂

版　次　2014 年 2 月第 1 版　2014 年 2 月第 1 次印刷

规　格　880 毫米 ×1230 毫米　　1/32　7 印张

字　数　154 千字

定　价　28.00 元　　ISBN 978-7-5171-0336-3

目 录
CONTENTS

敬告中国的女子

我们中国的人，从前都把那些女人当做男子的玩物一般，只要他[1]容貌标致，装饰奇异，就是好女子。全不晓得叫那些女子读些有用的书，求些有用的学问。那些女子既不读书，自然不懂什么道理，既没有学问，自然凡事都靠了男人，自己一点也不能自立。因为这个缘故，所以我们中国虽有了四万万人，内中那没用的女人倒居了二万万，那些男人赚来的钱，把去养这些女人，都还不够。我们中国如何不穷到这么地步呢？那些女人，既然没有本事，若是他们还读了些书，能够在家中教训儿女，倒也罢了。不料他们听了一句什么"女子无才便是德"的放屁话，什么书也不去读。咳！我们中国的女人，真真是一种的废物了。

我有一句话，要向我们中国的女子说："你们要做一个好好的人呢？还是要做一种没用的废物呢？"我晓得你们一定回答我说："我们又不是发痴，为什么自己要做废物呢？"哈哈！你们要不做废物，却不是嘴边说说就可以做得到的，我如今且说几宗要紧的方法，请你大家听听。

第一样不要缠足，我们中国女子缠足的风气，从来已经长久了。小女子小的时候，便把他双脚缠得紧紧的，后来越缠越小，便成了

---

[1] 胡适著作中第三人称"他""她"并不作区分，本书全部统一为"他"。

那三寸金莲尖如菱角的一双小脚。那小时缠足的苦处，我做白话的，说也说不完，好在你们都是受过这种苦处的过来人，也不用我仔细说了。至于你们肯受这种缠足的苦处，倒也有几种说法，有些人说脚缠小了，走起路来，那一种娇娆的模样，甚是好看，所以要缠足的。咳！这些话真是大错，一个好好的人，大模大样的自由行走，何尝不好，为什么反要说那站也站不稳的假样子是好看呢？并且这缠脚的风俗，起于五代的时候，五代以前，唐朝汉朝周朝的女子，都不缠脚，难道这许多朝代，都没有美女么？如今大家都说西施是最标致的美女，那西施是周朝的人，他何尝缠足呢？可见得标致不标致和那缠足不缠足是不相干涉了。又有些人说，脚缠小了，行走不便，可以不会做那些丑事，所以要缠足的。哈哈！这些话更是不通，那些女子若是个个都懂了道理，自然不肯去做那不好的事，譬如古时那曹大家（汉朝的人）、木兰（南北朝的人）、缇萦（汉朝的人），那些贤德女子，那里是缠足呢？再如那当婊子的，他们真是缠足的了，为什么还要做那些无耻的事呢？可见得那缠足不缠足，和那贤德不贤德更是不相干涉了。照这样看来，那缠足的风俗是没有一点好处，大约你们也都晓得了，如今且让我说几宗缠足的害处，给你们听听：

> 三寸金莲自古无，观音大士赤双趺。
>
> 不知裹足从何起，起自人间贱丈夫。[2]

缠足的害处，也说不尽那么多，现在且说几宗最大的。

---

[2]《竞业旬报》第 3 期刊登至此。

第一害身体。一个人对于爷娘生出来的好身体，正该去留心保护他，切莫使他有一点的坏处，这才是正大的道理。为什么反要去把一双好好的脚，包裹得紧紧的，使他坐立不稳血脉不行呢？列位要晓得一个人全靠那周身的血脉流通，方才能够使得身体强壮，那血脉若不行，自然身体一日弱似一日，那气力也便一些都没有了。若是那些身体强壮的，也还可以勉强支持，倘是那些身体素来不大强壮的女子，受了这种苦处，那身体便格外羸弱，到后来生男育女的时候，因为他的身体不好，那乳水便一定不多的，原来人家小孩子的身体气魄，都和他们爷娘的身体气魄很有关系，这些身体软弱的爷娘，怎么还能够养出身体强壮的儿女呢？所以中国人的身体，总和病人一般的，奄奄无生气，难怪外国人都叫我们是病夫国呵！可见得缠足这一件事，是不但有害于自己的身体，而且有害于将来的子孙。咳！可怕呀！

第二做事不便。男子也是一个人，女子也是一个人，然而人家生了男子，便欢天喜地的快活，若是生了女孩，便骂他是赔钱货。咳！你们请想一想，这是为了什么缘故呢？岂不是因为男人将来会做些事业，所以喜欢他吗？岂不是因为女人不会做事，所以讨厌他吗？列位，请再想一想，男人为什么能够做事？女人为什么不能做呢？列位呵！这个缘故，虽然不止一端，但是照我看起来，缠脚这一件事，恐怕要算是最大的缘故了。做女人的，从小五六岁的时候，就被那些没有人心的爷娘，把他的脚紧紧的包起来了，当那个时候，他们受那种苦处也还受不完，那里还有工夫来学做什么事呢？所以女子在这时候，只晓得缠小脚，并不晓得学别事，小的时候不肯学，到了老大的时候，就是要学也来不及了，何况他们从小因为小脚行走不便懒惰惯了的哩。因为这个缘故，所以中国的女子，几乎没有一个会做事的。咳！外国的女子，也有会做书的，也有会做教习的，都是能够自己过活。即如我们中国古时有个女子叫做木兰，他竟能自己代他的父亲出去打仗，立了大功。又有一个女子，叫做梁夫人，他竟能帮助他的男人，打败了金兀术。那些人和现在中国的女子，同是一样的，为什么那些人就那样有用，现在的女子为什么这样没用呢？这就是因为外国人和古时的人都不缠足，所以能够做这些事业，现在中国的女子都缠了足，所以便不能够去做事。咳！你们对了我们中国的古人和外国的女子，心理也觉得惭愧么？大凡女子缠了脚，不要说这些出兵打仗做书做报的大事情不能去做，就是那些烧茶煮饭缝缝洗洗的小事情也未必人人能做的，咳！这岂不是真正的一种废物么。

缠了小脚，不会做事，你们大约都知道的了。不料这缠足还有一层大害处，因为女子缠了足行走不便，若在平时，也还可以勉强过日子，若是遇了什么祸事，那就更苦了。譬如人家遇了火灾，或是遇了兵乱，那些缠脚女子，一定吃大亏的。就如上月香港有一只轮船叫做汉口，这船忽然起了大火，全船都烧去了，那些搭客，也烧死许多，其中惟有我们中国的缠脚女子，烧死的更多，几乎没有多个逃出来的，这就是缠脚的榜样子。又如数十年前，长毛起兵，那些逃难的女人，总多是因为缠了脚行走不便，被长毛杀了的，于今你们虽不知道，请你们去问问那些老辈，就晓得了。还有明朝末年的时候，有个张献忠，他在四川一带作乱，提了几十名小脚女子，拿他们的小脚都砍下来，堆成一堆小小的小脚山。他有一个妾的脚，缠得顶小。张献忠就把他砍了下来，做了那小脚山的山顶，把火去烧，叫做点天烛，这都是缠足的好结果呵。

以上所说缠足的害处，虽然不十分完全，但是那"缠足是有大害处的"这一句话，大约列位是已经相信了的。如今我且再总结一句，敬告我中国的女子，道："你们若不情愿做废物，一定不可缠足，若缠了足，便是废物中的废物了。"所以这"不要缠脚"一件事，便是"不做废物"的第一层方法了。

附录：天足会放足的法子

若是包缠没有长久的，把裹足布解去了，穿上稍大的鞋袜，几日就和从前一般了。若是已经缠小的妇人放足的法子，初放开的时候，每日须用热水洗几次，每次须将足浸得软了，小心把水气揩干，再把那脚趾和脚心折断的地方，轻轻分开，用些棉花破絮塞在那些脚指缝里面，穿上合式的袜子，外面套上一双大些的鞋子，照常在地上行走，到了晚上睡的时候，必须赤足，每次洗过之后，或是早起晚眠的时候，必要自己用手按摩揉搓，数日之后，自然血脉活动，改成大脚了。若是放足的时候，那些脚趾或是脚心的皮肉，有点破烂，那便可以用硼沙水去洗他，就会好的。[3]

第二样要读书。列位呀！我们中国不是有一句"女子无才便是德"的古语吗？这句话可不是说女子是不应该有才干的么？为什么我现在倒要女子读书呢？原来那"无才便是德"这句话，是很没有

[3]《竞业旬报》第4期刊登至此。

道理的。一个人一定要有才方能做事，无才便是一个废物了。就如汉朝有一位班昭，是最有名的才女，他的哥哥班固，做了一部《汉书》，没有做好就死了，后来班昭竟接续下去做成了这书，又做了一部《女诫》；又有一个女子，叫做缇萦，他的父亲犯了罪，亏得缇萦上了一本奏章救了他；唐朝陈邈的妻子郑氏，著一部《女孝经》；晋朝有一个谢道韫，会做诗赋又会辩驳；这都是有才的女子，难道他们有才便无德么？不过因为后来的女子，把这"才"字看得小了，他们以为会做几句诗，会看几部淫词小说就可以算得才女了，不知这些事不但算不得什么"才"，而且有许多害处（即如看淫词小说便有大害），所以人家要说"女子无才便是德"的话。如今我所说的"才"字，却不是这么说法，请列位听我一一道来。

　　第一，大凡一个人年小的时候，知识没有充足，心思也没有一定，都是跟好学好跟坏便学坏的。所以小的时候，一定要受过顶好的教育，方才可以做一个完完全全的好人。若是从小受了那些野蛮的教育，到了长大的日子，便自己要学好也来不及了。俗话说得好"三岁定八十"，那真是不错的呀！外国的小儿，没有进学堂的时候，在家都要受他们父母的教训，这就叫做"家庭教育"。但是做父亲的，总不时时在家，所以这事便是做娘的责任了。我们中国人小的时候，做娘的多不能教训儿子，虽然也有些会教儿子的，但是他们没有读书学问，自然没有见识，所说的不过是那些"做官"、"中状元"、"赚钱"的话头，那^[4]能够教育什么人才呢？少时既不能教，大的时候还想做一个好人么？这都是因为女子不读书的原故，所以女子一定

---

[4] 胡适原著中"哪""那"不分，统一作"那"，全书统一，后文不作注释。

要读书才能够懂得些正大道理，晓得些普通学问，道理和学问都懂得了，自然能够教出好儿女来。人家都想有好儿女，却不晓得教女子读书，好像农夫不去种田，倒想去收好谷，那能够想得到手呢？列位呀！女子读书，可不是很要紧的吗？

第二，大凡天下女子的心思比男子更细密，又没有那些应酬的劳苦，倘使他们肯用心去求学问，所成就的学问，一定比男子高些。有可以求学问的资格，却自己糟蹋了，就使我们中国人愚到这般地步，岂不可惜吗？

第三，以上所说，多是读书的大用处，如今且说那些小事。就如乡村人家，买两担柴，记几笔账，看几封信，若是男子不在家，妇人不读书，那就不得不去求别人了，岂不是不便吗？这些小事也不会做，那还可以算得一个有用的人吗？真个是我所说的"废物"罢了。咳！读书可不要紧吗？

以上所说，我那"不要缠足"、"要读书"两件事也说完了，我的笔也枯了，手也疼了，也想赶快把我这篇白话做完结了，所以我如今且总结几句话告诉列位道：汉朝有个蔡邕做了一部《女训》。他说："人的心思，和人的面孔一样，面孔不修饰，就龌龊了，心思不修饰，也就变坏了，人家女子都晓得把面孔装饰得好看，却不晓得修饰他的心思。咳！真是愚得很呀！"列位呀！这《女训》上所说的话，实在不错，现在的女子，只晓得梳头缠足搽胭抹粉，装扮得好看，却不肯把这对镜梳头，忍痛裹足的工夫，用在读书里面，请你想想看不读书怎么能修饰心思呢？这都因为他们不晓得"修饰面孔"和"修饰心思"两件事谁轻谁重的缘故。我如今且说一件故事，就如《三国志》里面的诸葛亮，大约列位都晓得他是极有本事的了，然而他的妻子黄氏，面孔却奇丑无比，像一个夜叉一般，但是他的学问却很好，诸葛亮的本事，大半都是靠他的帮助的，后来诸葛亮出兵在外，他能教训他的儿子诸葛瞻也成了一个忠臣，可见得面貌好丑，是最不要紧的，只是学问却是不可少的。今日我们中国的女子，为什么情愿费了许多工夫，丢了最要紧的学问不去做，却要去做这些梳头缠足穿耳搽粉的事呢？可不是那《女训》上说的愚人么？可不是我从前所说的废物么？所以我说中国的女子，若不情愿做废物，第一样便不要缠脚，第二样便要读书。若能照这两件事行去，我做报的人，便拍手大叫着："中国女界万岁！中国万岁！！中国未来的国民万岁！！！"再不絮絮烦烦的来说这些白话了。哈哈！

附：蔡邕《女训篇》

心犹首面也，是以甚致饰焉。面一旦不修，则尘垢秽之；心一日不思善，则邪恶入之。咸知饰其面而不修其心，惑矣！夫面之不饰，愚者谓之丑；心之不修，贤者谓之恶。愚者谓之丑，犹可；贤者谓之恶，将何容焉！故揽照拭面则思其心之洁也，傅粉则思其心之和也，加粉则思其心之鲜也，泽发则思其心之润也，用栉则思其心之理也，正鬓则思其心之正也，摄发则思其心之整也。

（原载 1906 年 11 月 16 日至 12 月 6 日《竞业旬报》第 3 至 5 期，署名希疆）

卷一

论女难

终身大事

——游戏的喜剧

（序）前几天有几位美国留学的朋友来说，北京的美国大学同学会不久要开一个宴会。中国的会员想在那天晚上演一出短戏。他们限我于一天之内编成一个英文短戏，预备给他们排演。我勉强答应了，明天写成这出独折戏，交与他们。后来他们因为寻不到女角色，不能排演此戏。不料我的朋友卜思先生见了此戏，就拿去给《北京导报》主笔刁德仁先生看，刁先生一定要把这戏登出来，我只得由他。后来因为有一个女学堂要排演这戏，所以我又把他翻成中文。

这一类的戏，西文叫做 Farce，译出来就是游戏的喜剧。

这是我第一次弄这一类的玩意儿，列位朋友莫要见笑。

戏中人物

田太太

田先生

田亚梅女士

算命先生（瞎子）

田宅的女仆李妈

布景

田宅的会客室。右边有门，通大门。左边有门，通饭厅。背面有一张莎法榻。两旁有两张靠椅。中央一张小圆桌子，桌上有花瓶。桌边有两张坐椅。左边靠壁有一张小写字台。

墙上挂的是中国字画，夹着两块西洋荷兰派的风景画。这种中西合璧的陈设，很可表示这家人半新半旧的风气。

开幕时，幕慢慢的上去，台下的人还可听见台上算命先生弹的弦子将完的声音。田太太坐在一张靠椅上。算命先生坐在桌边椅子上。

田太太　你说的话我不大听得懂。你看这门亲事可对得吗？

算命先生　田太太，我是据命直言的。我们算命的都是据命直言的。你知道——

田太太　据命直言是怎样呢？

算命先生　这门亲事是做不得的。要是你家这位姑娘嫁了这男人，将来一定没有好结果。

田太太　为什么呢？

算命先生　你知道，我不过是据命直言。这男命是寅年亥日生的，女命是巳年申时生的。正合着命书上说的"蛇配虎，男克女。猪配猴，不到头"。这是合婚最忌的八字。属蛇的和属虎的已是相克的了。再加上亥日申时，猪猴相克，这是两重大忌的命。这两口儿要是成了夫妇，一定不能团圆到老。仔细看起来，男命强得多，是一个夫克妻之命，应该女人早年短命。田太太，我不过是据命直言，你不要见怪。

田太太　　不怪，不怪。我是最喜欢人直说的。你这话一定不会错。
　　昨天观音娘娘也是这样说。

算命先生　　哦！观音菩萨也这样说吗？

田太太　　是的，观音娘娘签诗上说——让我寻出来念给你听。
　　（走到写字台边，翻开抽屉，拿出一条黄纸，念道）这是七十八签，
　　下下。签诗说，"夫妻前生定，因缘莫强求。逆天终有祸，婚
　　姻不到头"。

算命先生　　"婚姻不到头"，这句诗和我刚才说的一个字都不错。

田太太　　观音娘娘的话自然不会错的。不过这件事是我家姑娘的终
　　身大事，我们做爷娘的总得二十四分小心的办去。所以我昨儿
　　求了签诗，总还有点不放心。今天请你先生来看看这两个八字
　　里可有什么合得拢的地方。

算命先生　　没有。没有。

田太太　　娘娘的签诗只有几句话，不容易懂得。如今你算起命来，
　　又合签诗一样。这个自然不用再说了。（取钱付算命先生）难
　　为你。这是你对八字的钱。

算命先生　　（伸手接钱）不用得，不用得。多谢，多谢。想不到观
　　音娘娘的签诗居然和我的话一样！（立起身来）

田太太　　（喊道）李妈！（李妈从左边门进来）你领他出去。
　　（李妈领算命先生从右边门出去）

田太太　　（把桌上的红纸庚帖收起，折好了，放在写字台的抽屉里。
　　又把黄纸签诗也放进去。口里说道）可惜！可惜这两口儿竟配
　　不成！

田亚梅女士　　（从右边门进来。他是一个二十三四岁的女子，穿着

出门的大衣，脸上现出有心事的神气。进门后，一面脱下大衣，一面说道）妈，你怎么又算起命来了？我在门口碰着一个算命的走出去。你忘了爸爸不准算命的进门吗？

田太太 　我的孩子，就只这一次，我下次再不干了。

田女 　但是你答应了爸爸以后不再算命了。

田太太 　我知道，我知道，但是这一回我不能不请教算命的。我叫他来把你和那陈先生的八字排排看。

田女 　哦！哦！

田太太 　你要知道，这是你的终身大事，我又只生了你一个女儿，我不能糊里糊涂的让你嫁一个合不来的人。

田女 　谁说我们合不来？我们是多年的朋友，一定很合得来。

田太太 　一定合不来。算命的说你们合不来。

田女 　他懂得什么？

田太太 　不单是算命的这样说，观音菩萨也这样说。

田女 　什么？你还去问过观音菩萨吗？爸爸知道了更要说话了。

田太太 　我知道你爸爸一定同我反对，无论我做什么事，他总同我反对。但是你想，我们老年人怎么敢决断你们的婚姻大事。我们无论怎样小心，保不住没有错。但是菩萨总不会骗人。况且菩萨说的话，和算命的说的，竟是一样，这就更可相信了。（立起来，走到写字台边，翻开抽屉）你自己看菩萨的签诗。

田女 　我不要看，我不要看！

田太太 　（不得已把抽屉盖了）我的孩子，你不要这样固执。那位陈先生我是很喜欢他的。我看他是一个很可靠的人。你在东洋认得他好几年了，你说你很知道他的为人。但是你年纪还轻，又没有阅历，你的眼力也许会错的。就是我们活了五六十岁的人，也还不敢相信自己的眼力。因为我不敢相信自己，所以我去问观音菩萨又去问算命的。菩萨说对不得，算命的也说对不得，这还会错吗？算命的说，你们的八字正是命书最忌的八字，叫做什么"猪配猴，不到头"，因为你是巳年申时生的，他是——

田女　你不要说了，妈，我不要听这些话。（双手遮着脸，带着哭声）我不爱听这些话！我知道爸爸不会同你一样主意。他一定不会。

田太太　我不管他打什么主意。我的女儿嫁人，总得我肯。（走到他女儿身边，用手巾替他揩眼泪）不要掉眼泪。我走开去，让你仔细想想。我们都是替你打算，总想你好。我去看午饭好了没有。你爸爸就要回来了。不要哭了，好孩子。（田太太从饭厅的门进去了）

田女　（揩着眼泪，抬起头来，看见李妈从外面进来，他用手招呼他走近些，低声说）李妈，我要你帮我的忙。我妈不准我嫁陈先生——

李妈　可惜，可惜！陈先生是一个很懂礼的君子人。今儿早晨，我在路上碰着他，他还点头招呼我咧。

田女　是的，他看见你带了算命先生来家，他怕我们的事有什么变卦，所以他立刻打电话到学堂去告诉我。我回来时，他在他的汽车里远远的跟在后面。这时候恐怕他还在这条街的口子上等候我的信息。你去告诉他，说我妈不许我们结婚。但是爸爸就回来了，他自然会帮我们。你叫他把汽车开到后面街上去等我的回信。你就去罢。（李妈转身将出去）回来！（李妈回转身来）你告诉他——你叫他——你叫他不要着急！（李妈微笑出去）

田女　（走到写字台边，翻开抽屉，偷看抽屉里的东西，伸出手表
　　　看道）爸爸应该回来了，快十二点了。

（田先生约摸五十岁的样子，从外面进来）

田女　（忙把抽屉盖了，站起来接他父亲）爸爸，你回来了！妈
　　　说，……妈有要紧话同你商量，——有很要紧的话。

田先生　什么要紧话？你先告诉我。

田女　妈会告诉你的。（走到饭厅边，喊道）妈，妈，爸爸回来了。

田先生　不知道你们又弄什么鬼了。（坐在一张靠椅上。田太太从
　　　饭厅那边过来。）亚梅说你有要紧话，——很要紧的话，要同
　　　我商量。

田太太　是的，很要紧的话。（坐在左边椅子上）我说的是陈家这
　　　门亲事。

田先生　不错，我这几天心里也在盘算这件事。

田太太　很好，我们都该盘算这件事了。这是亚梅的终身大事，我
　　　一想起这事如何重大，我就发愁，连饭都吃不下了，觉也睡不
　　　着了。那位陈先生我们虽然见过好几次，我心里总有点不放心。
　　　从前人家看女婿总不过偷看一面就完了。现在我们见面越多了，
　　　我们的责任更不容易担了。他家是很有钱的，但是有钱人家的
　　　子弟总是坏的多，好的少。他是一个外国留学生，但是许多留
　　　学生回来不久就把他们原配的妻子休了。

田先生　你讲了这一大篇，究竟是什么主意？

田太太　我的主意是，我们替女儿办这件大事，不能相信自己的主
　　　意。我就不敢相信我自己。所以我昨儿到观音庵去问菩萨。

田先生　什么？你不是答应我不再去烧香拜佛了吗？

田太太　我是为了女儿的事去的。

田先生　哼！哼！算了罢。你说罢。

田太太　我去庵里求了一签。签诗上说，这门亲事是做不得的。我把签诗给你看。（要去开抽屉）

田先生　呸！呸！我不要看。我不相信这些东西！你说这是女儿的终身大事，你不敢相信自己，难道那泥塑木雕的菩萨就可相信吗？

田女　（高兴起来）我说爸爸是不信这些事的。（走近他父亲身边）谢谢你。我们该应相信自己的主意，可不是吗？

田太太　不单是菩萨这样说。

田先生　哦！还有谁呢？

田太太　我求了签诗，心里还不很放心，总还有点疑惑。所以我叫人去请城里顶有名的算命先生张瞎子来排八字。

田先生　哼！哼！你又忘记你答应我的话了。

田太太　我也知道。但是我为了女儿的大事，心里疑惑不定，没有主张，不得不去找他来决断决断。

田先生　谁叫你先去找菩萨惹起这点疑惑呢？你先就不该去问菩萨，——你该先来问我。

田太太　罪过，罪过，阿弥陀佛，——那算命的说的话同菩萨说的一个样儿。这不是一桩奇事吗？

田先生　算了罢！算了罢！不要再胡说乱道了。你有眼睛，自己不肯用，反去请教那没有眼睛的瞎子，这不是笑话吗？

田女　爸爸，你这话一点也不错。我早就知道你是帮助我们的。

田太太　（怒向他女儿）亏你说得出，"帮助我们的"，谁是"你们"？

"你们"是谁？你也不害羞！（用手巾蒙面哭了）你们一齐通同起来反对我！我女儿的终身大事，我做娘的管不得吗？

田先生　正因为这是女儿的终身大事，所以我们做父母的该应格外小心，格外慎重，什么泥菩萨哪，什么算命合婚哪，都是骗人的，都不可相信。亚梅，你说是不是？

田女　正是，正是。我早知道你决不会相信这些东西。

田先生　现在不许再讲那些迷信的话了。泥菩萨，瞎算命，一齐丢去！我们要正正经经的讨论这件事。（对田太太）不要哭了。（对田女）你也坐下。（田女在莎法榻上坐下）

田先生　亚梅，我不愿意你同那姓陈的结婚。

田女　（惊慌）爸爸，你是同我开玩笑，还是当真？

田先生　当真。这门亲事一定做不得的。我说这话，心里很难过，但是我不能不说。

田女　你莫非看出他有什么不好的地方？

田先生　没有。我很欢喜他。拣女婿拣中了他，再好也没有了，因此我心里更不好过。

田女　（摸不着头脑）你又不相信菩萨和算命？

田先生　决不，决不。

田太太与田女　（同时间）那么究竟为了什么呢？

田先生　好孩子，你出洋长久了，竟把中国的风俗规矩全都忘了。你连祖宗定下的祠规都不记得了。

田女　我同陈家结婚，犯了那一条祠规？

田先生　我拿给你看。（站起来从饭厅边进去）

田太太　我竟想不出什么。阿弥陀佛，这样也好，只要他不肯许就

　　是了。

田女　（低头细想，忽然抬头显出决心的神气）我知道怎么办了。

田先生　（捧着一大部族谱进来）你瞧，这是我们的族谱。（翻开书页，乱堆在桌上）你瞧，我们田家两千五百年的祖宗，可有一个姓田和姓陈的结亲？

田女　为什么姓田的不能和姓陈的结婚呢？

田先生　因为中国的风俗不准同姓的结婚。

田女　我们并不同姓。他家姓陈，我家姓田。

田先生　我们是同姓的。中国古时的人把陈字和田字读成一样的音。我们的姓有时写作田字，有时写作陈字，其实是一样的。你小时候读过《论语》吗？

田女　读过的，不大记得了。

田先生　《论语》上有个陈成子，旁的书上都写作田成子，便是这个道理。两千五百年前，姓陈的和姓田只是一家。后来年代久了，那写作田字的便认定姓田，写作陈字的便认定姓陈，外面看起来，好像是两姓，其实是一家。所以两姓祠堂里都不准通婚。

田女　难道两千年前同姓的男女也不能通婚吗？

田先生　不能。

田女　爸爸，你是明白道理的人，一定不认这种没有道理的祠规。

田先生　我不认他也无用。社会承认他。那班老先生们承认他。你叫我怎么样呢？还不单是姓田的和姓陈的呢。我们衙门里有一位高先生告诉我，说他们那边姓高的祖上本是元朝末年明朝初年陈友谅的子孙，后来改姓高。他们因为六百年前姓陈，所以不同姓陈的结亲；因为二千五百年前姓陈的本又姓田，所以又不同姓田的结亲。

田女　这更没有道理了!

田先生　管他有理无理,这是祠堂里的规矩,我们犯了祠规就要革
　　出祠堂。前几十年有一家姓田的在南边做生意,就把一个女儿
　　嫁给姓陈的。后来那女的死了,陈家祠堂里的族长不准他进祠
　　堂。他家花了多少钱,捐到祠堂里做罚款,还把"田"字当中
　　那一直拉长了,上下都出了头,改成了"申"字,才许他进祠堂。

田女　那是很容易的事。我情愿把我的姓当中一直也拉长了改作
　　"申"字。

田先生　说得好容易!你情愿,我不情愿咧!我不肯为了你的事连
　　累我受那班老先生们的笑骂。

田女　(气得哭了)但是我们并不同姓!

田先生　我们族谱上说是同姓,那班老先生们也都说是同姓。我已
　　经问过许多老先生了,他们都是这样说。你要知道,我们做爹
　　娘的,办儿女的终身大事,虽然不该听泥菩萨瞎算命的话,但
　　是那班老先生们的话是不能不听的。

田女　(作哀告的样子)爸爸!——

田先生　你听我说完了。还有一层难处。要是你这位姓陈的朋友是
　　没有钱的,倒也罢了;不幸他又是很有钱的人家。我要把你嫁
　　了他,那班老先生们必定说我贪图他有钱,所以连祖宗都不顾,
　　就把女儿卖给他了。

田女　(绝望了)爸爸!你一生要打破迷信的风俗,到底还打不破
　　迷信的祠规!这是我做梦也想不到的!

田先生　你恼我吗?这也难怪。你心里自然总有点不快活。你这种

气头上的话，我决不怪你，——决不怪你。

李妈　（从左边门出来）午饭摆好了。

田先生　来，来，来。我们吃了饭再谈罢。我肚里饿得很了。（先走进饭厅去）

田太太　（走近他女儿）不要哭了。你要自己明白。我们都是想你好。忍住。我们吃饭去。

田女　我不要吃饭。

田太太　不要这样固执。我先去，你定一定心就来。我们等你咧。（也进饭厅去了。李妈把门随手关上，自己站着不动）

田女　（抬起头来，看见李妈）陈先生还在汽车里等着吗？

李妈　是的。这是他给你的信，用铅笔写的。（摸出一张纸，递与田女）

田女　（读信）"此事只关系我们两人，与别人无关，你该自己决断！"（重读末句）"你该自己决断！"是的，我该自己决断！（对李妈说）你进去告诉我爸爸和妈，叫他们先吃饭，不用等我。我要停一会再吃。（李妈点头自进去。田女士站起来，穿上大衣，在写字台上匆匆写了一张字条，压在桌上花瓶底下。他回头一望，匆匆从右边门出去了。略停一会）

田太太　（戏台里的声音）亚梅，你快来吃饭，菜要冰冷了。（门里出来）你那里去了？亚梅。

田先生　（戏台里）随他罢。他生了气了，让他平平气就会好了。（门里出来）他出去了？

田太太　他穿了大衣出去了。怕是回学堂去了。

田先生　（看见花瓶底下的字条）这是什么？（取字条念道）"这是孩儿的终身大事。孩儿应该自己决断。孩儿现在坐了陈先生的汽车去了。暂时告辞了。"（田太太听了，身子往后一仰，坐倒在靠椅上。田先生冲向右边的门，到了门边，又回头一望，眼睁睁的显出迟疑不决的神气。幕下来）

跋

这出戏本是因为几个女学生要排演，我才把他译成中文的。

后来因为这戏里的田女士跟人跑了，这几位女学生竟没有人敢扮演田女士。况且女学堂似乎不便演这种不很道德的戏！所以这稿子又回来了。我想这一层很是我这出戏的大缺点。我们常说要提倡写实主义。如今我这出戏竟没有人敢演，可见得一定不是写实的了。这种不合写实主义的戏，本来没有什么价值，只好送给我的朋友高一涵去填《新青年》的空白罢。

（适）

（原载 1919 年 3 月 15 日《新青年》第 6 卷第 3 号）

婚　姻　篇

　　婚姻为人生极大问题，万不可忽略，但是据在下看来，我们中国人，未免把这婚姻一事看得太轻了。列位要晓得，这便是国危种弱的根苗，这便是强种救国的关键，在下万不敢不来直切痛快的说一番，使我们中国人大家留心留心。

　　现在的新学家，都说中国的婚姻是极专制的，是极不自由的。

　　中国的婚姻所以不进步，也只为父母太专制的原故。一个人如此说，二个人也如此说，便把现在所有的青年子弟，都哄得什么似的，都说这中国婚姻，是极专制的，是极要改做自由结婚的。唉！列位，这句话是大错的，是大错的，如今且请列位听我一一道来。

　　在下今天是要说，我们中国的婚姻，是极不专制的，是极随便的，因为太不专制了，太放任了，所以才有这个极恶的结果。列位要不肯相信在下的话，且让在下说几件最普通的证据大家听听。

　　（一）你看人家有了儿子，到了十几岁，便说是时候到了，要娶亲了。那时候，将来儿子学好不学好，养得活老婆养不活老婆，做父母的都不留一些儿心，一心只想人家叫他一声公公婆婆，便是了。那儿子娶亲以后和睦不和睦，相安不相安都不管了。列位，这不是随便么？

　　（二）人家有了儿女，到了年纪，便有那些做媒的媒婆，到女家来开了年庚八字，送到男家去。他到女家便说那男家如何有钱，女婿如何聪明，说得天花乱坠。他到了男家便说女儿如何美貌，女家嫁妆如何丰厚，也说一个锦上添花。列位，你想古人把媒婆算作三姑六婆之一，可见那做媒婆的人，断没有一个好的。俗语说得好，"媒婆一张嘴，活的说得死"，你想这样的人的说话是可以信得的么？这种人那婚姻大事，岂可付托于他，岂可靠得住？然而我们中国那些为人父为人母的人，看那媒婆说一句，他便听一句，也不管这媒婆是人是鬼，可信不可信，你想做父母的人，如何可以把儿女的终身大事，付托这种小人。唉！这是专制呢？还是随便呢？

在我们安徽，这一种媒婆竟是把做媒当做一种专门行业做的，这一种人定是孤独或是贫苦无家可归，无饭可吃，全靠这一张嘴骗几餐酒肉，赚几个口擘钱来度日，所以这做媒一事，几几乎全是那一种下流泼妇的饭碗了。你想人家儿女的百年大事，却拿去给这种小人泼妇当一件买卖做。唉！这又是谁的罪过呵！

（三）做父母的，把儿女的终身大事，付托媒婆已经是随便极了，不料那做父母的，还要把儿女婚姻的责任付与一种瞎了眼睛五官不全的算命先生，开了八字年庚请他推算，合也不合？相克么？相冲么？于是那儿女的终身大事，遂决于这瞎子片言之下。列位，一个人究竟有八字无八字，那八字究竟有准无准，这个话说起来，很费时候，如今且告诉列位一句书是："托于鬼神时日卜筮以乱众者诛"，这句书出在《礼记》上，意思是说如有人敢借这求神问鬼择日算命卜卦等等名目来惑乱人心，这人便该受杀头之罪，这真是圣王之道。现在那些算命的不是托于时日卜筮以乱众的么？只可惜几千年来只出了几百个脓包皇帝混账官员，那里懂得这种道理，纵容得这一班五官不全的瞎子无法无天的作起威福来了，甚至于到了如今竟然把那全国青年男女的婚姻大事，都敢操之一手了。你想放着好好的人不去请教，倒要去问那种残疾的杀坯，这一种做父母的，还是专制呢？还是随便呢？唉！

这算命的道理，将来兄弟还要痛论一番，列位请少待。

（四）做父母的，随便到这步地位，也可以算得极顶了。不料那做父母的，还要把这主婚的权利，送给那些木雕泥塑的菩萨，把那男女二人的年庚八字，送到那菩萨面前，点了香烛，磕了头，求两根签诗，掷一下筶，那签诗的吉凶，筶的阴阳，便是那男女婚姻的结果了。唉！在下先前不是说过的么，"男女婚姻乃是人生一件大事，断不可忽略的"，怎么那做人父母的，自己分明是个人，为什么到要去问那冥顽不灵的烂泥菩萨呢？那世界上究竟有菩萨呢？没有菩萨呢？在下现在也没有许多时候来说明这条问题，如今也说一句话："我现在是极不信菩萨的，是要骂菩萨的要打菩萨的，菩萨如果有灵何不马上显些感应，把我的手风了做不得报，使我死心塌地一心信佛，那便是真正有菩萨了。"列位且待至本报第二十五期，要是兄弟还做得报，写得字，那时候奉劝列位，也不要信菩萨了罢！闲话少说，言归正传，如今且问列位，我们中国的婚姻，是木雕泥塑的死菩萨主持的，这是专制呢？还是随便呢？[5]

照兄弟的意思看来，中国的婚姻，是极随便极放任的了。为什

---

[5]《竞业旬报》第24期刊登至此。

么呢？你看兄弟上面所述的几条，那一条，父母担一毫责任？你看中国男女的终身，一误于父母之初心，二误于媒妁，三误于算命先生，四误于土偶木头，随随便便，便把中国四万万人，合成了许许多多的怨偶，造成了无数不和睦的家族。唉！看官要晓得，夫妇不相爱，家族不和睦，那还养育得好子孙么？我中国几千年来，人种一日贱一日，道德一日堕落一日，体格一日弱似一日，都只为做父母的太不留意于子女的婚姻了，太不专制了。兄弟现在说这话，兄弟也晓得一定要得罪了许多的志士青年，然而兄弟的良心，逼我要说，兄弟也不得不说了。

兄弟所说"中国婚姻不专制"是已说过了，虽不敢说痛快直截，大约列位看官中也有一二位相信的了。但是上面所说的是中国的弊端，有了这个弊，便该想一个法子来救弊才是。那救弊之法是怎样呢？

照我的意思，这救弊之法，须要参酌中外的婚姻制度，执乎其中，才可用得。第一是，要父母主婚；第二是，要子女有权干预。这二条办法，是因为我们生在中国，才如此做，要就中国二字上因时制宜的。列位且听我一一说来。

第一，父母主婚。现在上海有一部书叫做《法意》，是法国一位大儒孟德斯鸠做的。他那书中有一段，说得最好，兄弟把来翻做白话，给大家看看。那书中道：

> 我所以要说婚姻要父母主张者，因为做父母的，慈爱最深，况且多活了几岁年纪，见识思想毕竟比做子女的强些，见得到些，要是专靠子女的心思，那做子女的，年纪既轻，阅历世故

自然极浅了。况且少年心思必不周到，一时之间，为情欲所蔽，往往把眼面前的东西，当做极好，再也不会瞻前顾后，他们的选择怎么靠得住呢！（严译本七五九页）

这话是一些也不会错的，不用兄弟再说了。但是他那书中还有一句话，说："做父母的和子女最亲切而且知道子女的性格，别人断比不上。"这句话行到中国，便有些不合用了。古语道得好："人莫知其子之恶，莫知其苗之硕。"可见得父母爱子过深，反不明白做儿女的性格了。全国的人，内中自然有一二明白的人，但是溺爱不明的人居多，所以那些讲新学的人便说这是一定要男女自由结婚的。兄弟却不如此。因为父母溺爱不明，难道做子女的便都是事理通达的人么？所以兄弟说一定要父母主婚，这是极正当极合时势的办法，兄弟却要恭恭敬敬的告诉我中国千千万万的做父母的，极希望那些做父母的，个个都把儿女的婚姻，看做一家一族的最大问题。不但看做一家一族的最大问题，而且要看做中国的大问题，稍稍留一些儿心，担一些儿担子。反转来说，这虽是全国的问题，然而娶两房好媳妇，嫁两个好女婿，这也是做父母的幸福，难道列位做父母的竟有福不会享么？列位做父母的，再要是一定要糊糊涂涂的过信媒人过信瞎子，过信土偶木人，那便是列位自己不要享福，那便是列位自己愿做中国的大罪人。哈哈！那可怪不得那些青年男女要说家庭革命了。

第二，子女有权干预。做父母的，能照兄弟所说的话做去，那是极好的了，但是内中有些父母的嗜好，和做子女的不同。譬如儿子爱学问爱德行，父母却爱银钱，爱美貌，父母尽父母的心力做去，却不合儿子的性情，可不是反了吗？可不是一样的不和睦么？所以兄弟也想一条先事预防的法子，是要使做儿女有干预之权，做父母的也要和儿女相酌而行，这才是完全的好法子了。

还有一层，近来上海各地，有些男女志士，或是学问相长，或是道德相敬，有父母的，便由父母主婚，无父母的，便由师长或朋友介绍，结为婚姻。行礼的时候，何等郑重，何等威仪，这便是一种文明结婚，也是参合中外的婚礼而成的。但是这是为一班有学问有品行的人说法的，而且只可于风气开通的地方行罢了！要在内地一般未开通的父母子女，那还是用用兄弟前面所说的话好呵！

兄弟的话说也说得笔秃口枯了，列位看官，切不可囫囵吞的读过，不然兄弟这一番苦心就白白地废掉了，岂不可惜！

（原载 1908 年 8 月 17 日至 27 日《竞业旬报》第 24 至 25 期，署名铁儿）

曹大家《女诫》驳议

我们中国女界中，有一个大罪人，就是那曹大家。这位曹大家，姓班名昭，他做了一部《女诫》，说了许多卑鄙下流的话。列位要晓得，他这部《女诫》，虽然我们的姊姊妹妹们，大半没有读过，然而几千年来，那许多男子，都用这《女诫》的说话，把来教育我们的姊姊妹妹，把来压制我们的姊姊妹妹，所以他那区区一部《女诫》，便把我们中国的女界生生地送到那极黑暗的世界去了，你想我怎好不来辩驳一番呢！有的人说："铁儿先生，你何苦把几千年后的新思想，去责备那几千年前的古人呢！"我说："是的，我并不敢责备古人，不过我要把这些道理辩白一番，好教那些顽固的人，不致借这《女诫》来做护身符，这便是我的区区微意了。"

卑弱第一

你看这《女诫》的开宗明义章第一，便是卑弱，怪不得几千年来，总没有女权的希望了。唉！

> 古者生女，三日，卧之床下，弄之瓦砖而斋告焉。卧之床下，明其卑弱主下人也；弄之瓦砖，明其习劳，主执勤也；斋告先君，

明当主祭祀也。

这一段文章，是曹大家引用《诗经》上说的话儿，那《诗经》上说："乃生女子，载寝之地，载衣之裼，载弄之瓦。"看官要晓得，那《诗经》一部书，乃是古时圣贤采访四方的风俗歌谣，因而辑成一部大书，即如这一篇诗所说的话，在做书的人本意，不过要教人晓得某地有这么一种重男轻女的风俗，他的本意，只有望人改良的意思，并不教人依着他行。譬如那《诗经》上说的"期我乎桑中，要我乎上宫，送我乎淇之上！"难道他真个要人做这些淫奔的事吗？又如"子不我思，岂无他人！""子不我思，岂无他士！"这二句诗，淫极了，难道他真个教人做这种"□□□□"，□□□吗？可见《诗经》上说的，不过说某处有某样的风俗罢了，不料这位曹大家，不懂诗人的命意，便以为古人都是卑视女子的了，可不是大错了吗？至于"斋告先君，明当主祭祀也"这句话，更容易明白了。你想古人最重祭祀，断不会使那卑弱下人的人去主祭祀，可见古人并不卑视女子，不过曹大家不懂得罢了。

三者盖女人之常道，礼法之典教矣。

上面一段，说明白了，这一节，也不用驳了。

谦让恭敬，先人后己，有美莫名，有恶莫辞。

这几句话，都是平常人应该做的事，倒也罢了。

忍辱含垢。

这四个字，不通极了。我们中国的女子教育，开口就是节，闭口便是烈，这节烈二字的意思，就是说那女子的品行名誉，断不可有什么玷污。如果有了一些羞辱垢污，总要洗得干干净净，明明白白，不然，那就算不得节烈了。怎么这位曹大家倒要教人忍辱含垢呢！难道曹大家还不赞成那些节妇烈女和那些有气节的女丈夫么！不通，不通。

常若畏惧。

这话更不通了，畏惧谁呢！天下的人，只有一个理字，是应该畏惧的，只须我自己行止动作，上不愧天，下不愧人，自己对得住自己，就是了，何必怕人呢？所以孔夫子说："君子坦荡荡"，坦荡荡就是无所畏惧的意思。大凡君子人，行事只求合理，自然坦荡荡的，无所畏惧，其实又何必畏惧呢？

是谓卑弱下人也。

说人家卑视女子，倒也罢了，不料这位曹大家，却要自己把女子看得比奴隶还不如，开口便是卑弱，便是下人。唉，伤心呵！

晚寝早作，勿惮夙夜，执务私事，不辞剧易，所作必成，手迹整理，是谓执勤也。

曹大家既以卑弱下人自居，故有这些话，其实这些事并没有错，而且没有什么大关系，不说他也罢了。

正危端操，以事夫主。

此一事也。

清静自守，无好戏笑。

此一事也。

洁齐酒食，以供祖宗。

此又一事也。

是谓继祭祀也。

上面所说的，事夫是一件事，无好戏笑又是一件事，供祖宗又是一件事，怎么糊糊涂涂的总结一句："是谓继祭祀也"，别说道理讲不过去，单讲文章，也就不通了。

三者苟备，而患名称之不闻，黜辱之在身，未之见也。

上面说："有善莫名"，怎么又说："患名称之不闻"呢！上面说："忍辱含垢"，怎么又说："患黜辱之在身"呢！上面说的是呢？这里说的是呢？矛盾，矛盾。

　　三者苟失之，何名称之可闻，黜辱可远哉！

我想上面说的："常若畏惧"，大约是畏惧这"名称之不闻"和这"黜辱之在身"了。唉！卑鄙极了。[6]

夫妇第二

　　夫妇之道，参配阴阳，通达神明，信天地之弘义，人伦之大节也。

何等郑重，曹大家于此一节，颇知注意，总算是有点阅历的话了。

　　是以礼贵男女之际，诗著关雎之义，由斯言之，不可不重也。

班昭居然晓得"不可不重"的道理，也算难得了，但是"礼贵男女之际"，那《礼记》上说"婿执雁入，揖让升堂，再拜奠雁，降出御妇车，而婿授绥，御轮三周，先俟于门外，妇至，婿揖妇以入，共牢而食，合卺而醋，所以合体同尊卑，以亲之也。"（昏义）那《礼

---

[6]《竞业旬报》第 37 期刊登至此。

经》上何尝一定说男尊女卑的话呢？即如《诗经》那《关雎》一篇所说的"琴瑟友之，钟鼓乐之"何等乐趣，又何尝有男尊女卑的制度呢？我想曹大家的为人，一定是"读书不求甚解"的，不然，为什么说那些不通的话呢？

　　夫不贤则无以御妇，妇不贤则无以事夫。

　　哈哈！曹大家也讲起平等来了，你想这两句话，不是很平等吗？不是很有点抵抗性质的吗？桀纣无道，汤武便去征伐他，为什么呢？因为"君不贤则无以临民"，所以便要讨他的罪，如今曹大家是承认，"丈夫可以御妇的"了。看官要记清，那个"御"字，有驾御的意思，管理的意思，便和皇帝治民的治字差不多了。皇帝不贤尚且可杀可去，丈夫不贤，便失了丈夫的资格，做妻子的，可以抵抗他，所以这"夫不贤则无以御妇"八个大字，正是泰西各国离婚律法的一大原理。不料曹大家这么一个卑鄙的人，也会有这种理想，这就很难得了。但是上面用一个"御"字，就和马夫赶马，车夫推车一般，下面用一个"事"字，是服侍的意思，就和下官服侍上司，奴才伏侍主人一般，两两比较起来，还是大不平等，可见曹大家一定是一个没见识没魄力的女子了。唉！

　　夫不御妇则威仪废绝。

　　又来了，曹大家的意思，一定要使做丈夫的个个都要正其衣冠尊其瞻视，每日把脸放下来，和阎罗王一般，才算个丈夫，否则便是威仪废绝了。唉！天下那有这种卑贱的女子呵！

> 妇不事夫则义理堕阙。

从前有一种大不通的话，说"妇人伏于人也"，你想这话天理何在？人道何在？后来的女子，便应该极力推翻这种谬论，争一口气儿才是正理，怎么这个曹大家竟把这个"事"字当做"义理"一般看待，从此以后，怪不得那女界永永没有翻身的希望了。人家骂人"认贼作子"，这个曹大家简直是认贼作父了。唉！

> 方斯二者，其用一也。

这个用字，怎么讲呢？

> 察今之君子，徒知妻妇之不可不御，威仪之不可不整，故训其男，检以书传，殊不知夫主之不可不事，义理之不可不存也，但教男而不教女，不亦蔽于彼此之数乎？

这一段很有关系，列位千万不可轻轻放过。

从前有一位秦始皇，并了六国，一统天下，做了皇帝。他既做了皇帝了，心中总恐怕人家来夺他的君权，后来他便想了一条绝妙计策，叫做愚民政策。怎么叫做愚民政策呢？原来那秦始皇把天下的书籍尽行搜刮出来，一把火烧得干干净净，又掘一个大坑，把天下的读书人，都叫来，一塌刮剌仔都活埋在这个土坑里面了。书是烧了，读书的人是活坑了，那些百姓自然一天一天的变成无知无识的蠢东西了。百姓愚蠢了，自然没有人来夺他的皇位了。看官，这便叫做"愚民政策"，不料我们中国的男子，也便用了他这种计策，把来待那女子，因为男子和女子，本来是平等的，后来因为那种野蛮的部落时代，互相竞争，不能不看重气力，女子的体魄，本来是稍微弱一些的，又有几种天然困难，所以讲起战争气力起来，女子便不如男子。从此以后，社会上的大权，便渐渐的归到男子掌握之中，但是那些男子，既然掌了社会上的大权，享了社会上的大福，那心中自然和秦始皇一样，也恐怕女子的智识发达了，便要作那不平之鸣，那男子便不能大权独享了。所以那些男子，便出许多方法，不令那些女子读书识字，一面便把那些男子，礼哪！乐哪！射御哪！书数哪！教育得完完全全的，一面便教那女子，烹饪哪！女红哪！却总不叫他受那完全的教育。从此以后，男子的智识学问体魄，一天长似一天；那女子的智识学问体魄，便一天衰似一天。所以那男子的权力，越发大了，所享的幸福，越发大了，那蠢蠢无灵的女子，断不致来争权了，这便叫做愚妇政策。这位曹大家，也便是受了这种愚妇政策的，不料他虽然读了书，却还不懂这种道理，不晓得这个教男不教女，正是大不平等的地方，糊糊涂涂的说一句："不亦蔽于彼此之数乎？"可不是说梦话吗？可不是说梦话吗？

还有一层，你看这一段说话，什么"徒知妻妇之不可不御，威仪之不可不整"，什么"夫主之不可不事"，那一句不是助纣为虐，那一句不是卑鄙污下。唉！唉！

礼，八岁始教之书，十五而至于学矣，独不可依此以为则哉！

十五而至于学矣！这个"矣"字不通。

敬慎第三

这"敬慎"二字，本来是很好的名词，但是曹大家所说的敬慎，和那第一章所说的卑弱是一个样儿的，列位不可不知。

阴阳殊性，男女异行，阳以刚为德，阴以柔为用，男以强为贵，女以弱为美。

我看见人家说这"敬慎"二字，也不知看见多少了，孔子孟子，朱子程子，都说过的，但是总没有看见这样说法的，你看曹大家竟把这"敬慎"二字，硬派作女子独有的品性。哈哈！难道孔子朱子所说的敬慎，都是为女子说法吗？都是为这"柔弱"二字说的吗？这不是岂有此理吗？

故鄙谚有云："生男如狼，犹恐其尪；生女如鼠，犹恐其虎。"

我读这几句话，差不多要哭出来了。我哭的是那"犹恐其尪"的恐字，这个恐字，是恐怕的意思，说"生了男子，已是狼一般强壮了，还恐怕他要尪弱下去；生了女子，已是鼠一般柔弱了，还要恐怕他渐渐变成虎一般的强壮。"列位，你看这个恐怕的恐字，可不是伤心吗？我刚才在前面不是说了一种"愚妇政策"吗？那里知道还有一种"弱妇政策"呢？怎么叫做弱妇政策呢？当初秦始皇，他行了那愚民政策，他还不满意，他又把天下的兵器，什么刀哪！剑哪！枪哪！戟哪！都收拢起来，一股脑儿，都把来熔化了，铸成了十二个金人，他以为这样做去，那百姓的能力，自然衰弱了，将来无论受怎样的压制，再也不会起来抵抗了，这便是弱民政策。如今这个弱妇政策，也是这个意思。那些女子，虽然受了愚妇政策，那些男子，还恐怕他们会强壮起来，或者真个要起来抵抗他们，所以他们又不能不行这种弱妇的手段，把那些女子，禁锢起来，不使他们见天日，又不使他们运动运动（到了后世，便行了那缠足的恶俗，这都是这个缘故呵）。那女子的体魄，自然一天一天的衰弱起来了；那男子体魄，天天讲什么射哪御哪礼哪乐哪！自然一天一天强壮了，从此以后，那女子的权力天天缩小了，那男子的权力，天天膨胀了，越发不平等了。列位看报的人呵！我这一段说话，便是"生男如狼，犹恐其尪；生女如鼠，犹恐如虎"。这四句话的原理，因为"犹恐其尪"，所以天天去培养他；因为"犹恐其虎"，所以天天去摧折他。你想这个恐字，可不是极伤心的吗？可不是极伤心的吗？咳！

　　　　然则修身莫若敬，避强莫若顺。

　　上一段，我所说的是男子对待女子的手段。这里曹大家所说的两句话，是曹大家劝女子自己对待男子的手段。上句"修身莫若敬"倒也罢了，下一句"避强莫若顺"，你想这不是卑鄙下贱吗？

俗语道得好，"兵来将挡，水来土掩"，这是一定的道理，那些男子如果用强权来压制女子，就该正正当当和他抵抗，有何不可？何必避呢？如果女子不去和他抵抗，那么他们自然要得尺进尺得寸进寸了。古人说，"以顺为正者，妾妇之道也"，可见古人是很瞧不起这个"顺"字的，我从前说过的，天下只有一个理，是应该畏惧的，我们只要依着理行去，还怕什么呢？又何必躲避呢？还有一层，如果这句"避强莫若顺"是合理的，那么古来那许多殉节守贞的节妇烈妇，他们都是不肯"顺"的了，都是不肯避强的了，难道这些节妇烈妇都不合理吗？所以这句"避强莫若顺"是大不通的。

> 故曰："敬慎之道，妇之大礼也。"

上两句驳过了，这两句也不用驳了。[7]

> 夫敬非他，持外之谓也；夫顺非他，宽裕之谓也。持久者，知止足也；宽裕者，尚恭下也。

这一段简直是十分不通了，且让我把这几句话，用算学记号写成一个式子如下：

> 敬＝持久　持久＝知止足　d 敬＝知止足

---

[7]《竞业旬报》第 38 期刊登至此。

顺＝宽裕　宽裕＝尚恭下　d 顺＝尚恭下

这六个式子，除那"顺＝尚恭下"一条，尚有一二分讲得过去，此外五条，简直没有一句通的。你想，天下那有这种讲书的，把"敬"字作"持久"解，要是果然如此，那敬便是持久，那孔子何必又要说："久而敬之"呢！至于把"持久"作"知止足"解，更不通了。又如那个"顺"字，又怎样等于"宽裕"呢。上人待下人谓之宽裕；下人伏侍上人谓之顺，这不是浅而易见吗？

文章不通到这个地位，我却不懂几千年来的女界，何以都把他奉作金科玉律，总没有人敢批驳他一句，可见得这种做古人奴隶的性质，害人不浅呢！

　　夫妇之好，终身不离，房室周旋，遂生黩媟。

这四句话，虽是平平常常，尚还没有什么错，古人也很明白这个道理，所以说："夫妇相敬如宾"，也只为防这"黩媟"二字起见。曹大家却不大懂这个相敬如宾这个"相"字的用意。须知这个"相"字，是"你敬我我敬你"的意思，若是一边一味卑下，一边一味尊严，那便不算相敬，那便失了这个"相敬如宾"的本意了。

　　黩媟既生，语言过矣，语言既过，纵恣必作，纵恣既作，
　　则侮夫之心生矣。

这些话，在曹大家的意思，全是为妇人一方面说法，所以说什

么"纵恣"，什么"侮夫"，这都是没有明白"夫妇相敬如宾"那个"相"字的原故，也不必一句一句的来驳了。

此由于不知止足者也。

又来了，这一段是"敬＝知止足"那一条的解说，试问曹大家所说的"止足"，是以什么地步为限制，到了什么地步，方可算"止足"呢？难道伏伏贴贴的得其夫的一顾一盼，曹大家便以为"止足"了吗？哈哈！

夫事有曲直，言有是非，直者不能不争，曲者不能不讼，讼争既施，则有忿怒之事矣，此由于不尚恭下也。

这话又是岂有此理了。我从前说"君子坦荡荡"无所畏惧，只依着"公理"而行，这是一定之理，不料这个曹大家，却要教人处处阿谀谄媚，不论是非曲直，只可顺从，不可反对。你想天下那有这种道理，难道丈夫做强盗做贼，做妻子的都不应谏阻吗？丈夫忤逆不孝，弑君弑父，做妻子的都只好听他吗？甚至于丈夫把妻子卖给人家为妾为娼，难道也只好顺从吗？哈哈！要照曹大家的意思说来，那古人说的"内助"到底助什么呢？古人说的"家有贤妻，男人不遭横祸"，又是什么道理呢？古人说的"以顺为正者，妾妇之道也"。既然说"以顺为正"自然有个"以不顺为权变"的反面文章在里面，若照曹大家这话说去，岂是妾妇之道，简直是娼妓之道了。唉！唉！

　　侮夫不节，谴呵随之，忿怒不止，楚挞从之。夫为夫妇者，义以和亲，恩以好合。楚挞既行，何义之存，谴呵既宣，何恩之有，恩义俱废，夫妇离矣。

　　哈哈，曹大家说了许多话，原来是怕骂的，原来是怕打的，原来是怕离婚的。列位同胞姊妹们，请看看古代的野蛮制度，那汉儒胡诌乱吹的编了一个七出之条，说什么"多言去"，"无子去"，"妒去"……你想"无子"便要出妻，可不是混账吗？至于那"多言去"一条，更没道理了。"妒去"一条，尤为无理。即为曹大家所说"义以和亲，恩以好合"，"和好"之中，自然容不得第三个人了。自从这个七出之条通行之后，可怜那些女子，连话都不敢多说一句，曹大家也便是这些女子之一人，唉，可怜虫呵，可怜虫呵。

妇行第四

　　女有四行：一曰妇德；二曰妇言；三曰妇容；四曰妇功。

　　此《礼记》原文也。

　　夫云妇德，不必才明绝异也。妇言，不必辩口利辞也。妇容，不必颜色美丽也。妇功，不必功巧过人也。清闲贞静，守节整齐，行己有耻，动静有法是谓妇德。择辞而说，不道恶语，时然后言，不厌于人，是谓妇言。盥浣尘秽，服饰鲜洁，沐浴以时，

身不垢辱，是谓妇容。专心纺绩，不好戏笑，洁齐酒食，以
奉宾客，是谓妇功。此四者，女人之大德，而不可乏之者也，
然为之甚易，惟在存心耳。古人有言：仁远乎哉，我欲仁斯
仁至矣，此之谓也。

　　此一章看上去似乎没什么可驳之处，其实列位看官，如果细细
读去，总觉得有无限可怜的意思含在里面，这是什么缘故呢！唉，
我很巴望同胞姊妹们仔细想想罢。

专心第五

　　礼，夫有再娶之义，妇无二适之交。

　　唉，看官须要认明这个"礼"字，这个"礼"是古时一班"男
子"，以自私自利之心来定这部"礼"，他所说的话，全是男子一方
面的话。从前有位女豪杰，很有思想的，说"当时若使周婆制礼，
断不敢如此"。这句话，千古以来，传为笑话，那晓得这句话，真
正是千古名言。即为再嫁一事，男子何以可再娶，女子何以不可再
嫁。千古以来，却没有人能明明白白的讲解一番，只可怜那些女子，
也只晓得糊糊涂涂的守着这话做去，没有人敢出来反对。其实"夫
妇之道，义以和亲，恩以好合"，曹大家不是说过的吗？既然说"以
和亲，以好合"，丈夫死了，或是被出了，什么和什么好，都没有了，
为什么不可再嫁呢？丈夫不肯为了"和"、"好"而不再娶，女子又
何尝不可再嫁呢？所以我说这个"礼"是一班自私自利的臭男子定

的，并不足据的，尽可不去管他。

故曰：夫者，天也。

你想这两句话，肉麻不肉麻，天是天，夫是夫，那有把人当作
"天"的道理，只可恶那《仪礼》上说"夫者妻子天也，妇人不二适，
犹曰不二天也"。曹大家的话，是从《仪礼》上来的，你想我们中
国古时所说的"天"，何等尊严无上，何等法力无边，做丈夫的谁
配称作天，天只有一个，那做妇人的，头上有了一个天，家中又有
一个天，岂不成了"二天了"吗！怎么还说"不二天"呢？天是永
远不会坍下的，那丈夫是要死的，丈夫死了，那做妇人的可不是没
有"天"了吗？

所以我说那些"礼书"，一大半是那些自私自利而又不通的男
子捏造出来的。这句周婆制礼的话真正不错了。

天固不可迷，夫固不可离也。

这话尤其不通了，须知人与天是天然的关系，所以不可迷，
若是妻与夫，便没有天然的关系，全由人力造出来的关系，那有
"夫不离"之理。而且曹大家上面曾说过"夫为夫妇者，义以和亲，
恩以好合"可见曹大家自己也晓得夫妇是人力造成的关系了。试
问天与人能够"义以和亲恩以好合"吗？曹大家又说"恩义废绝，
夫妇离矣"，这是曹大家自己说的"夫妇离矣"，怎么又说"夫固
不可离也"这些混账话呢！这叫做"以己之矛攻己之盾"。哈哈哈，

矛盾，矛盾。

　　　　行违神祇，天则罚之；礼义有愆，夫则薄之（薄字是瞧不
　　起的意思）。

　　这话尤为不通了，一个人做了丑事，做了"礼义有愆"的事，
无论什么人，父母兄弟，朋友邻舍，都要瞧不起他，何止丈夫一人
呢，难道这些人都是他的天吗？哈哈哈。

　　　　故女宪曰："得意一人，是谓永毕，失意一人，是谓永讫。"

　　"女宪"不知是一个什么东西做的，你看他这四句话，何等卑
鄙，何等下贱，什么得意失意，那一句不是娼妓的声口，堂堂地做
了一个人，说什么"得意"、"失意"，那里还有一些独立的思想。唉，
可怜呵，可怜呵！

　　　　由斯言之，夫不可求其心。

　　怎么叫做"求其心"呢！原来就是上面说的"得意"，就是"得
其欢心"的意思。当妓女的，想得客人的钱，所以总想千方百计，
要买客人的欢心。嗳哟，曹大家这句话，不是这个命意吗？千古以
来的女子，那一个不行这个手段，要不行这手段，便要受大众指摘
笑骂，说他是泼妇，说他不贤，说起来也伤心，我也不说了罢。

然所求者，亦非佞媚苟亲也。

恐怕不见得罢。

固莫若专心正色，礼义居洁，耳无淫听，目不邪视，出无冶容，入无废饰，无聚会群辈，无看视门户，此则谓专心正色矣。

这几句话，曹大家自己虽然说"亦非佞媚苟亲"，但是据我的意思看来，这正是"佞媚"的手段。何以见得呢？古人说"在人则欲其许我也，在我则欲其訾人也"。这一桩故事，正是千百年来的男子普通心理，曹大家很明白男子的心理，故来说这一大段的"专心正色"的话头，好去迎合男子的心理，这不是"佞媚"的工夫吗？我并不是不赞成这几句话，不过曹大家说了"礼义居洁，耳无淫听，目不邪视"，也就够了，为什么还要说"无聚会群辈，无看视门户"，这也未免太束缚了，未免太苦了，况且社会的阶级，不一而足，有的朱楼绣阁，有的金屋华堂，有的幽居空谷，有的竹篱茅舍，有的更苦了，那庄家人家的女子，上山斫柴，登峰采茶，下田锄地，那一件不要抛头露面。曹大家幸而生在世族之家，不知小民艰苦，一味胡吹乱道，说什么"无聚会群辈，无看视门户"，《汉书》上说曹大家"博学多才"，难道《诗经》上说的"采蘋"、"采蘩"、"采卷耳"、"采芣苢"、"嗟我妇子，馌彼南亩"，曹大家都没有读过吗？这么一位不学无识的曹大家，说了这些无意识的话，从此以后，便把中国女界弄成一种拘攀束缚麻木不仁的世界，这个曹大家的罪过可就不小了，唉唉！

若夫动静轻脱，视听睐输（不定貌），入则乱发坏形，出则窈窕作态，说所不当道，观所不当视，此谓不能专心正色矣。（未完）

（原载 1908 年 12 月 23 日至 1909 年 1 月 12 日《竞业旬报》第 37 至 39 期，署名铁儿）

女子问题

我本没有预备讲这个题目，到安庆后，有一部分人要求讲这个，这问题也是很重要的，所以就临时加入了。

人类有一种"半身不遂"的病，在中风之后，有一部分麻木不仁；这种人一半失去了作用，是很可怜的。诸位！我们社会上也害了这"半身不遂"的病几千年了，我们是否应当加以研究？

世界人类分男女两部，习惯上对于男子很发展，对于女子却剥夺她的自由，不准她发展，这就是社会的"半身不遂"的病。社会有了"半身不遂"的病，当然不如健全的社会了。女子问题发生，给我们一种觉悟，不再牺牲一半人生的天才自由，让女子本来有的天才，享受应有的权利，和男子共同担任社会的担子；使男子成一个健全的人，女子也成一个健全的人！于是社会便成了一个健全的社会！

我们以前从不将女子当做人：我们都以为她是父亲的女儿，以为她是丈夫的老婆，以为她是儿子的母亲；所以有"在家从父，出嫁从夫，夫死从子"的话，从来总不认她是一个人！在历史上，只有孝女，贤女，烈女，贞女，节妇，慈母，却没有一个"女人"！诸位！在历史上也曾见过传记称女子是人的么？

研究女子教育是研究的什么？——昔日提倡女子教育的，是提倡良妻贤母；须知道良妻贤母是"人"，无所谓"女子"的！女子愿做良妻贤母，便去做她的良妻贤母，假使女子不愿意做良妻贤母，依旧可以做她的人的。先定了这个目标，然后再说旁的。

女子问题可以分两部分讲：

（一）女子解放。

（二）女子改造。

解放一部分是消极的：解放中包含有与束缚对待的意思，所以是消极的。改造却是积极的：改造是研究如何使女子成为人，用何种方法使女子自由发展。

（一）女子解放　解放必定先有束缚。这有两种讲法：一是形体的，一是精神的。

先讲形体的解放。在从前男子拿玩物看待女子，女子便也以玩物自居：许多不自由的刑具，女子都取而加在自己身上，现在算是比较的少了。如缠足，穿耳朵，束胸……等等都是，可以算得形体上已解放了。这种不过谈女子解放中的初级。试问除了少数受过教育的女子而外，中国有多少女子不缠足？如果我们不能实行天足运动，我们就不配谈女子解放！——我来安庆时候，所见的女子，大半是缠足；这可以用干涉，讲演种种方法禁止她们，我希望下次再来安庆时候，见不着一个缠足女子！——再谈束胸，起初因为美观起见，并不问合卫生与否；我的一个朋友曾经对我说，假使个个女子都束胸，以后都不可以做人的母亲了！

次讲精神的解放。在解放上面，以精神解放最为重要。精神解放怎样讲？——就是几千年来，社会上男子用了许多方法压制女子，引诱女子，便是女子精神上手镣脚铐。择几桩大的说：第一，未讲之先，提出一个标准来：——标准就是"为什么"？——"女子不为后嗣"：中国古时候，最重的是"有后"——女子不算——家中有财产，女儿不能承受；没有儿子的，一定去在弟兄的儿子中间找一个来承继受领。女子的不能为后嗣，大半为着经济缘故；所以应当从经济方面提倡独立。有一个人临死，分财产做三股，两个女儿得两股，一个侄子得一股，但是他的本家，还要打官司。这个问题如若不打破，对于经济，对于道德，都有极大的关系。还有"娶妾"：一个人年长了，没有儿子，大家便劝他娶妾，——就是他的夫人，也要劝他，不如此，人家便要说他不贤慧——请问这一种恶劣的行为，是从什么地方产生的？再进一步说，既然同认女子是个人，又何以不能承受财产，不能为后？——这是应当打破的邪说之一！[8]

第二，"女子贞操问题"：何谓贞操？——贞操是因男女间感情浓厚，不愿意再及于第三者身上。依新道德讲，男女都应当守贞操；历史上沿习却不然，男子可以嫖，可以纳妾；女子既不可以和人家通奸，反要受种种的限制，大概拿牌坊引诱，使女子守一个无爱情没有见过面的人；一部分女子，因而被他们引诱了。如此的社会，实在是杀人不抵命的东西！贞操实是双方男女共有的，我从前说："男子嫖婊子，与女子和人通奸，是有同等的罪！"所以："男子叫女子守节，女子也可以叫男子守节！男子如果可以讨姨太太，女子也就可以娶姨老爷！"谢太傅——谢安——晚年想纳妾，但他却怕老婆；他的朋友劝他，说公例可以纳妾；他的夫人在里面应道："婆

---

[8]　以上为第一点——编者注。

例不可！"——历来都用惯了"公例"，未常实行"婆例"。这种虚伪的贞操，委实可以打破。再简单说："贞操是根据爱情的，是双方的！男子可以不守节，女子也可以不守节！"

第三，"女子责在阃内说"：女子的职务，在家庭以内，这种学说也是捆女子的一根铁索，如果不打断，就难说到解放。有许多女子，足能够做学问，可以学美术，文学……可以当教员……有许多男子，只配抱孩子煮饭的。有许多事，男子不能做而女子能做。如果不打破这种学说，只是养成良妻贤母，实在不行。我们要使女子发展天才，决不能叫他永远须在家里头。女子会抱孩子煮饭，也只是女子中的一部分，女子决不全是会抱孩子煮饭的；有天才的女子，却往往因为这个缘故，不得尽量的发展，就说女子不能做他种事业，但他们做教师便比男子好得多了。总结一句：我们不应当拿家里洗衣，煮饭，抱孩子许多事体来难女子。我们吃饭，可以吃一品香海洞春厨子做的，衣服可以拿到洗衣厂里去洗了！

第四，"防闲的道德论"：由古代相传，男子对女子总有怀疑的态度，总有防闲的道德。现在人对女子，依旧有这一种态度。我听说安庆讲演会里职员，有许多女子加入，便引起了社会上的非难。我将告诉他们："防闲决不是道德！"如把鸟雀关在笼中，一放他便飞了；不然，一年两年的工夫，也就闷死了。当我在西洋的时候，见中国许多留学生，常常闹笑话；在交际场中，遇见了女子和他接洽，他便以为有意。由此，我连带想起一件故事。某人的笔记上说："有一个老和尚，养了一个小孩子，作为小和尚；老和尚对他防闲得利害，使他不知世故。某年，老和尚带这小和尚下山，小和尚一件东西也不认识，逢到东西，老和尚不等他问，便一一的告诉他。恰巧有个女子经过，老和尚恐怕他沾染红尘，便不和他说。小和尚就问，老和尚便扯道，那是吃人的老鬼。等到回山的时候，老和尚便问他下山一日，有所爱否？小和尚说，所爱的只是吃人的老鬼！""防闲的道德，就是最不道德！"我国学生，何以多说是不道德？实是因为防闲太利害了，一遇到恶人，便要堕落！我希望以后要打破防闲的道德论！平心而论，完全自由，也有流弊，不过总不可因噎废食的。不要以一二人的堕落而及于全部。而且自由的流弊，决不是防闲所可免，若求自由不流弊，必定要再加些自由于上面；自由又自由，丝毫流弊都没有了！因为怕流弊而禁止自由，流弊必定更多，而且更不自由了！社会上应存"容人的态度"，须知社会上决没有无流弊的。张小姐闹事，只是张小姐；李小姐闹事，只是李小姐；决不能因为一两人而及于全体的！愿再加解放许多自由，叫他们晓得所以，自然没有流弊了！

（二）女子改造　改造方面，比较简单些。解放是对外的要求；改造却是对内的要求，但也不完全靠自己的！

先说内部。女子本身的改造，无论女子本身或提倡女子问题的，都要认明目标：第一，"自立的能力"：女子问题第一个要点，就在这问题，女子嫁人，总要攀高些，却不问自立；我觉女子要做人，须注意"自立"，假如女子不能自立，决不能够解放去奋斗的。第二，"独立的精神"：这个名词，是老生常谈，不过我说的是精神上，不怕社会压制；社会反对，也是要干的！像现在这种时代，是很不容易谈解放的。不顾社会非难，可以独行其事。第三，"先驱者的责任"：做先锋的责任，在谈女子问题中是很重要的。我们一举一动，在社会上极受影响。先驱者的责任，只要知道公德，不要过问私德；

一人如此，可以波及全体的。不要使我个人行为，在女子运动上加了一个污点！我最不相信道德，但为了这个起见，也不得不相信了！我常常说："当学生的，与其提倡废考，不如提倡严格考试；社交解放的先驱者，与其提倡自由恋爱，不如提倡独身主义！"这是诸位要注意的！

　　（本文为 1921 年 8 月 4 日夜胡适在安庆青年会的演讲，张友鸾、陈东原记录，原载 1922 年 5 月 1 日《妇女杂志》第 8 卷第 5 号）

贞操问题

一

周作人先生所译的日本与谢野晶子的《贞操论》(《新青年》四卷五号)，我读了很有感触。这个问题，在世界上受了几千年无意识的迷信，到近几十年中，方才有些西洋学者正式讨论这问题的真意义。文学家如易卜生的《群鬼》和 Thomas Hardy 的《苔史》(Tess)，都带着讨论这个问题。如今家庭专制最厉害的日本居然也有这样大胆的议论！这是东方文明史上一件极可贺的事。

当周先生翻译这篇文字的时候，北京一家很有价值的报纸登出一篇恰相反的文章。这篇文章是海宁朱尔迈的《会葬唐烈妇记》(7 月 23、24 日北京《中华新报》)。上半篇写唐烈妇之死如下：

> 唐烈妇之死，所阅灰水，钱卤，投河，雉经者五，前后绝食者三；又益之以砒霜，则其亲试乎杀人之方者凡九。自除夕上溯其夫亡之夕，凡九十有八日。夫以九死之惨毒，又历九十八日之长，非所称百挫千折有进而无退者乎？……

下文又借出一件"俞氏女守节"的事来替唐烈妇作陪衬：

　　女年十九，受海盐张氏聘，未于归，夫夭，女即绝食七日；家人劝之力，始进糜日，"吾即生，必至张氏，宁服丧三年，然后归报地下。"

最妙的是朱尔迈的论断：

　　嗟乎，俞氏女盖闻烈妇之风而兴起者乎？……俞氏女果能死于绝食七日之内，岂不甚幸？乃为家人阻之，俞氏女亦以三年为己任，余正恐三年之间，凡一千八十日有奇，非如烈妇之九十八日也。且绝食之后，其家人防之者百端，……虽有死之志，而无死之间，可奈何？烈妇倘能阴相之以成其节，风化所关，猗欤盛矣！

　　这种议论简直是全无心肝的贞操论，俞氏女还不曾出嫁，不过因为信了那种荒谬的贞操迷信，想做那"青史上留名的事"，所以绝食寻死，想做烈女。这位朱先生要维持风化，所以忍心害理的巴望那位烈妇的英灵来帮助俞氏女赶快死了，"岂不甚幸！"这种议论可算得贞操迷信的极端代表。《儒林外史》里面的王玉辉看他女儿殉夫死了，不但不哀痛，反仰天大笑道："死得好！死得好！"（五十二回）王玉辉的女儿殉已嫁之夫，尚在情理之中。王玉辉自己"生这女儿为伦纪生色"，他看他女儿死了反觉高兴，已不在情理之中了。至于这位朱先生巴望别人家的女儿替他未婚夫做烈女，说出那种"猗欤盛矣"的全无心肝的话，可不是贞操迷信的极端代表吗？

　　贞操问题之中，第一无道理的，便是这个替未婚夫守节和殉烈的风俗。在文明国里，男女用自由意志，由高尚的恋爱，订了婚约，有时男的或女的不幸死了，剩下的那一个因为生时爱情太深，故情愿不再婚嫁。这是合情理的事。若在婚姻不自由之国，男女订婚以后，女的还不知男的面长面短，有何情爱可言？不料竟有一种陋儒，用"青史上留名的事"来鼓励无知女儿做烈女，"为伦纪生色"，"风化所关，猗欤盛矣！"我以为我们今日若要作具体的贞操论，第一步就该反对这种忍心害理的烈女论，要渐渐养成一种舆论，不但永不把这种行为看作"猗欤盛矣"可旌表褒扬的事，还要公认这是不合人情，不合天理的罪恶；还要公认劝人做烈女，罪等于故意杀人。

　　这不过是贞操问题的一方面。这个问题的真相，与谢野晶子已经说得很明白了。他提出几个疑问，内中有一条是："贞操是否单是女子必要的道德，还是男女都必要的呢？"这个疑问，在中国更为重要。中国的男子要他们的妻子替他们守贞守节，他们自己却公然嫖妓，公然纳妾，公然"吊膀子"。再嫁的妇人在社会上几乎没有社交的资格；再婚的男子，多妻的男子，却一毫不损失他们的身分。这不是最不平等的事吗？怪不得古人要请"周婆制礼"来补救"周公制礼"的不平等了。

　　我不是说，因为男子嫖妓，女子便该偷汉；也不是说，因为老爷有姨太太，太太便该有姨老爷。我说的是，男子嫖妓，与妇人偷汉，犯的是同等的罪恶；老爷纳妾，与太太偷人，犯的也是同等的罪恶。

　　为什么呢？因为贞操不是个人的事，乃是人对人的事；不是一方面的事，乃是双方面的事。女子尊重男子的爱情，心思专一，不肯再爱别人，这就是贞操。贞操是一个"人"对别一个"人"的一种态度。因为如此，男子对于女子，也该有同等的态度。若男子不能照样还敬，他就是不配受这种贞操的待遇。这并不是外国进口的妖言，这乃是孔丘说的"己所不欲，勿施于人"。孔丘说：

> 君子之道四，丘未能一焉：所求乎子以事父，未能也；所求乎臣以事君，未能也；所求乎弟以事兄，未能也；所求乎朋友，先施之，未能也。

孔丘五伦之中，只说了四伦，未免有点欠缺。他理该加上一句道：

> 所求乎吾妇，先施之，未能也。

这才是大公无私的圣人之道！

二

我这篇文字刚才做完，又在上海报上看见陈烈女殉夫的事。今先记此事大略如下：

> 陈烈女名宛珍，绍兴县人，三世居上海。年十七，字王远甫之子菁士。菁士于本年三月廿三日病死，年十八岁。陈女闻死耗，即沐浴更衣，潜自仰药。其家人觉察，仓皇施救，已无及。女乃泫然曰："儿志早决。生虽未获见夫，殁或相从地下……"

言讫，遂死，死时距其未婚夫之死仅三时而已。（此据上海绍兴同乡会所出征文启）

过了两天，又见上海县知事呈江苏省长请予褒扬的呈文，中说：

呈为陈烈女行实可风，造册具书证明，请予按例褒扬事。……（事实略）……兹据呈称……并开具事实，附送褒扬费银六元前来。……知事复查无异。除先给予"贞烈可风"匾额，以资旌表外，谨援《褒扬条例》……之规定，造具清册，并附证明书，连同褒扬费，一并备文呈送，仰祈鉴核，俯赐咨行内务部将陈烈女按例褒扬，实为德便。

我读了这篇呈文，方才知道我们中华民国居然还有什么《褒扬条例》。于是我把那些条例寻来一看，只见第一条九种可褒扬的行谊的第二款便是"妇女节烈贞操可以风世者"；第七款是"著述书籍，制造器用，于学术技艺有发明或改良之功者"；第九款是"年逾百岁者"！一个人偶然活到了一百岁，居然也可以与学术技艺上的著作发明享受同等的褒扬！这已是不伦不类可笑得很了。再看那条例《施行细则》解释第一条第二款的"妇女节烈贞操可以风世者"如下：

第二条：《褒扬条例》第一条第二款所称之"节"妇，其守节年限自三十岁以前守节至五十岁以后者。但年未五十而身故，其守节已及六年者同。

第三条：同条款所称之"烈"妇"烈"女，凡遇强暴不从致死，或羞忿自尽，及夫亡殉节者，属之。

　　第四条：同条款所称之"贞"女，守贞年限与节妇同。其在夫家守贞身故，及未符年例而身故者，亦属之。

　　以上各条乃是中国贞操问题的中心点。第二条褒扬"自三十岁以前守节至五十岁以后"的节妇，是中国法律明明认三十岁以下的寡妇不该再嫁。再嫁为不道德。第三条褒扬"夫亡殉节"的烈妇烈女，是中国法律明明鼓励妇人自杀以殉夫；明明鼓励未嫁女子自杀以殉未嫁之夫。第四条褒扬未嫁女子替未婚亡夫守贞二十年以上，是中国法律明明说未嫁而丧夫的女子不该再嫁人；再嫁便是不道德。

　　这是中国法律对于贞操问题的规定。

　　依我个人的意思看来，这三种规定都没有成立的理由。

　　第一，寡妇再嫁问题。这全是一个个人问题。妇人若是对他已死的丈夫真有割不断的情义，他自己不忍再嫁；或是已有了孩子，不肯再嫁；或是年纪已大，不能再嫁；或是家道殷实，不愁衣食，不必再嫁：——妇人处于这种境地，自然守节不嫁。还有一些妇人，对他丈夫，或有怨心，或无恩意，年纪又轻，不肯抛弃人生正当的家庭快乐；或是没有儿女，家又贫苦，不能度日：——妇人处于这种境遇没有守节的理由，为个人计，为社会计，为人道计，都该劝他改嫁。贞操乃是夫妇相待的一种态度。夫妇之间爱情深了，恩谊厚了，无论谁生谁死，无论生时死后，都不忍把这爱情移于别人，这便是贞操。夫妻之间若没有爱情恩意，即没有贞操可说。若不问夫妇之间有无可以永久不变的爱情，若不问做丈夫的配不配受他妻子的贞操，只晓得主张做妻子的总该替他丈夫守节；这是一偏的贞操论，这是不合人情公理的伦理。再者，贞操的道德，"照各人境遇体质的不同，有时能守，有时不能守；在甲能守，在乙不能守"（用与谢野晶子的话）。若不问个人的境遇体质，只晓得说"忠臣不事二君，烈女不更二夫"；只晓得说"饿死事极小，失节事极大"（用程子语）；这是忍心害理，男子专制的贞操论。——以上所说，大旨只要指出寡妇应否再嫁全是个人问题，有个人恩情上，体质上，家计上种种不同的理由，不可偏于一方面主张不近情理的守节。因为如此，故我极端反对国家用法律的规定来褒扬守节不嫁的寡妇。

褒扬守节的寡妇，即是说寡妇再嫁为不道德，即是主张一偏的贞操论。法律既不能断定寡妇再嫁为不道德，即不该褒扬不嫁的寡妇。

第二，烈妇殉夫问题。寡妇守节最正当的理由是夫妇间的爱情。妇人殉夫最正当的理由也是夫妇间的爱情。爱情深了，生离尚且不能堪，何况死别？再加以宗教的迷信，以为死后可以夫妇团圆。因此有许多妇人，夫死之后，情愿杀身从夫于地下。这个不属于贞操问题。但我以为无论如何，这也是个人恩爱问题，应由个人自由意志去决定。无论如何，法律总不该正式褒扬妇人自杀殉夫的举动。一来呢，殉夫既由于个人的恩爱，何须用法律来褒扬鼓励？二来呢，殉夫若由于死后团圆的迷信，更不该有法律的褒扬了。三来呢，若用法律来褒扬殉夫的烈妇，有一些好名的妇人，便要借此博一个"青史留名"；是法律的褒扬反发生一种沽名钓誉，作伪不诚的行为了！

第三，贞女烈女问题。未嫁而夫死的女子，守贞不嫁的，是"贞女"；杀身殉夫的，是"烈女"。我上文说过，夫妇之间若没有恩爱，即没有贞操可说。依此看来，那未嫁的女子，对于他丈夫有何恩爱？既无恩爱，更有何贞操可守？我说到这里，有个朋友驳我道，"这话别人说了还可，胡适之可不该说这话。为什么呢？你自己曾做过一首诗，诗里有一段道：

> 我不认得他，他不认得我，我却常念他，这是为什么？
> 岂不因我们，分定常相亲？由分生情意，所以非路人。
> 海外土生子，生不识故里，终有故乡情，其理亦如此。

依你这诗的理论看来，岂不是已订婚而未嫁娶的男女因为名分已定，也会有一种情意。既有了情意，自然发生贞操问题。你于今又说未婚嫁的男女没有恩爱，故也没有贞操可说，可不是自相矛盾吗？"

我听了这番驳论，几乎开口不得。想了一想，我才回答道：我那首诗所说名分上发生的情意，自然是有的；若没有那种名分上的情意，中国的旧式婚姻决不能存在。如旧日女子听人说他未婚夫的事，即面红害羞，即留神注意，可见他对他未婚夫实有这种名分上所发生的情谊。但这种情谊完全属于理想的。这种理想的情谊往往因实际上的反证，遂完全消灭。如女子悬想一个可爱的丈夫，及到嫁时，只见一个极下流不堪的男子，他如何能坚持那从前理想中的情谊呢？我承认名分可以发生一种情谊，我并且希望一切名分都能发生相当的情谊。但这种理想的情谊，依我看来实在不够发生终身不嫁的贞操，更不够发生杀身殉夫的节烈。即使我更让一步，承认中国有些女子，例如吴趼人《恨海》里那个浪子的聘妻，深中了圣贤经传的毒，由名分上真能生出极浓挚的情谊，无论他未婚夫如何淫荡，人格如何堕落，依旧贞一不变。试问我们在这个文明时代，是否应该赞成提倡这种盲从的贞操？这种盲从的贞操，只值得一句"其愚不可及也"的评论，却不值得法律的褒扬。法律既许未嫁的女子夫死再嫁，便不该褒扬处女守贞。至于法律褒扬无辜女子自杀以殉不曾见面的丈夫，那更是男子专制时代的风俗，不该存在于现今的世界。

总而言之，我对于中国人的贞操问题，有三层意见。

第一，这个问题，从前的人都看作"天经地义"，一味盲从，全不研究"贞操"两字究竟有何意义。我们生在今日，无论提倡何种道德，总该想想那种道德的真意义是什么。《墨子》说得好：

> 子墨子问于儒者曰，"何故为乐？"曰，"乐以为乐也"。子墨子曰，"子未我应也。今我问曰，'何故为室？'曰，'冬避寒焉，夏避暑焉，室以为男女之别也'，则子告我为室之故矣。今我问曰，'何故为乐？'曰，'乐以为乐也'。是犹曰，'何故为室？'曰，'室以为室也'"。（《公孟》篇）

今试问人"贞操是什么？"或"为什么你褒扬贞操？"他一定回答道，"贞操就是贞操。我因为这是贞操，故褒扬他"。这种"室以为室也"的论理，便是今日道德思想宣告破产的证据。故我做这篇文字的第一个主意只是要大家知道"贞操"这个问题并不是"天经地义"，是可以彻底研究，可以反复讨论的。

第二，我以为贞操是男女相待的一种态度，乃是双方交互的道德，不是偏于女子一方面的。由这个前提，便生出几条引申的意见：

（一）男子对于女子，丈夫对于妻子，也应有贞操的态度；

（二）男子做不贞操的行为，如嫖妓娶妾之类，社会上应该用对待不贞妇女的态度来对待他；

（三）妇女对于无贞操的丈夫，没有守贞操的责任；

（四）社会法律既不认嫖妓纳妾为不道德，便不该褒扬女子的"节烈贞操"。

第三，我绝对的反对褒扬贞操的法律。我的理由是：

（一）贞操既是个人男女双方对待的一种态度，诚意的贞操是完全自动的道德，不容有外部的干涉，不须有法律的提倡。

（二）若用法律的褒扬为提倡贞操的方法，势必至造成许多沽名钓誉，不诚实，无意识的贞操举动。

（三）在现代社会，许多贞操问题，如寡妇再嫁，处女守贞，等等问题的是非得失，却都还有讨论余地，法律不当以武断的态度制定褒贬的规条。

（四）法律既不奖励男子的贞操，又不惩男子的不贞操，便不该单独提倡女子的贞操。

（五）以近世人道主义的眼光看来，褒扬烈妇烈女杀身殉夫，都是野蛮残忍的法律，这种法律，在今日没有存在的地位。

民国七年七月

（原载 1918 年 7 月 15 日《新青年》第 5 卷第 1 号）

论贞操问题

——答蓝志先

先生对于这个问题共分五层。第一层的大意是说：

> 夫妇关系，爱情虽是极重要的分子，却不是唯一的条件。……贞操虽是对待的要求，却并不是以爱情有无为标准，也不能仅看做当事者两个人的自由态度。……因为爱情是盲目而极易变化的。这中间须有一种强迫的制裁力。……爱情之外，尚当有一种道德的制裁。简单说来，就是两方应当尊崇对手的人格。……爱情必须经过道德的洗炼，使感情的爱变为人格的爱，方能算的真爱。……夫妇关系一旦成立以后，非一方破弃道德的制裁，或是生活上有不得已的缘故，这关系断断不能因一时感情的好恶随便可以动摇。贞操即是道德的制裁人格的义务中应当强迫遵守之一。破弃贞操是道德上一种极大罪恶，并且还毁损对手的人格，绝不可以轻恕的。

这一层的大旨，我是赞成的。我所讲的爱情，并不是先生所说盲目的又极易变化的感情的爱。人格的爱虽不是人人都懂得的（这话先生也曾说过），但平常人所谓爱情，也未必全是肉欲的爱；这里面大概总含有一些"超于情欲的分子"，如共同生活的感情，名分的观念，儿女的牵系，等等。但是这种种分子，总还要把异性的恋爱做一个中心点。夫妇的关系所以和别的关系（如兄弟姊妹朋友）不同，正为有这一点异性的恋爱在内。若没有一种真挚专一的异性恋爱，那么共同生活便成了不可终日的痛苦，名分观念便成了虚伪的招牌，儿女的牵系便也和猪狗的母子关系没有大分别了。我们现在且不要悬空高谈理想的夫妇关系，且仔细观察最大多数人的实际夫妇关系究竟是什么样子。我以为我们若从事实上的观察作根据，一定可以得到这个断语：夫妇之间的正当关系应该以异性的恋爱为主要元素；异性的恋爱专注在一个目的，情愿自己制裁性欲的自由，情愿永久和他所专注的目的共同生活，这便是正当的夫妇关系。人格的爱，不是别的，就是这种正当的异性恋爱加上一种自觉心。

我和先生不同的论点，在于先生把"道德的制裁"和"感情的爱"分为两件事，所以说"爱情之外尚当有一种道德的制裁"。我却把"道德的制裁"看作即是那正当的，真挚专一的异性恋爱。若在"爱情之外"别寻夫妇间的"道德"，别寻"人格的义务"，我觉得是不可能的了。所以我赞成先生说的"夫妇关系一旦成立以后，非一方破弃道德的制裁（即是我所谓"真一的异性恋爱"），或是生活上有不得已的缘故（如寡妇不能生活。或鳏夫不能抚养幼小儿女），这关系断断不能因一时感情的好恶随便可以动摇"。我虽然赞成这个结论，却不赞成先生说的"贞操并不是以爱情有无为标准"。因为我所说的"贞操"即是异性恋爱的真挚专一。没有爱情的夫妇关系，都不是正当的夫妇关系，只可说是异性的强迫同居！既不是正当的夫妇，更有什么贞操可说？

　　先生所说的"尊重人格"，固然是我所极赞成的。但是夫妇之间的"人格问题"，依我看来只不过是真一的异性恋爱加上一种自觉心。中国古代所说"夫妇相敬如宾"的敬字便含有尊重人格的意味。人格的爱情，自然应该格外尊重贞操。但是人格的观念，根本上研究起来，实在是超于平常人心里的"贞操"观念的范围以外。平常人所谓"贞操"，大概指周作人先生所说的"信实"，我所说的"真一"，和先生所说的"一夫一妇"。但是人格的观念有时不限于此。先生屡用易卜生的《娜拉》为例。即以此戏看来，郝尔茂对于娜拉并不曾违背"贞操"的道德。娜拉弃家出门，并不是为了贞操问题，乃是为了人格问题。这就可见人格问题是超于贞操问题了。

　　先生又极力攻击自由恋爱和容易的离婚。其实高尚的自由恋爱，并不是现在那班轻薄少年所谓自由恋爱，只是根据于"尊重人格"一个观念。我在美洲也曾见过这种自由恋爱的男女，觉得他们真能尊重彼此的人格。这一层周作人先生已说过了，我且不多说。至于容易的离婚，先生也不免有点误解。我从前在《美国的妇人》一篇里曾有一节论美国多离婚案之故道：

　　　　……自由结婚的根本观念就是要夫妇相敬相爱，先有精神上的契合，然后可以有形体上的结婚。不料结婚之后，方才发现从前的错误，方才知道他们两人决不能有精神上的爱情；既不能有精神上的爱情，若还依旧同居，不但违背自由结婚的原理，并且必至于堕落各人的人格。……所以离婚案之多，未必全由于风俗的败坏，也未必不由于个人人格的尊贵。

所以离婚的容易，并不是一定就可以表示不尊重人格。这又可见人格的问题超于平常的贞操观念以外了。

先生第二层的意思，已有周作人先生的答书了，我本可以不加入讨论，但是我觉得这一段里面有一个重要观念，是哲学上的一个根本问题，故不得不提出讨论。先生不赞成与谢野夫人把贞操看作一种趣味，信仰，洁癖，不当他是道德。先生是个研究哲学的人，大概知道"道德"本可当作一种信仰，一种趣味，一种洁癖。中国的孔丘也曾两次说"吾未见好德如好色者也"。他又说"知之者不如好之者，好之者不如乐之者"。这种议论很有道理，远胜于康德那种"绝对命令"的道德论。道德教育的最高目的是要人人都能自然行善去恶，"如恶恶臭，如好好色"一般。西洋哲学史上也有许多人把道德观念当作一种美感的。要是人人都能把道德当作一种趣味，一种美感，岂不很好吗？

先生第三层的大意是说我不应该"把外部的制裁一概抹杀"。

先生所指的乃是法律上消极的制裁，如有夫有妇奸罪等等。这都是刑事法律的问题，自然不在我所抹杀的"外部干涉"之内，我不消申明了。

先生第四层论续娶和离婚的限制，我也可以不辩。

先生第五层论共妻和自由恋爱。我的原文里并没有提到这两个问题，《新青年》的同人也不曾有提倡这两种问题，本可以不辩。况且周作人先生已有答书提起这一层，我在上文也略提到自由恋爱。我觉得先生对于这两个问题未免有点"笼统"的攻击，不曾仔细分析主张这种制度的人心理和品格。因此我且把先生反对这种人的理由略加讨论。

（一）先生说，"夫妇的平等关系，是人格的平等，待遇的平等，不是男女做同样的事才算平等"。这话固然不错。男女不能做完全同样的事，这是人所共知的。但是有许多事是男女都能做的。古来相传的家庭制度，把许多极繁琐的事看作妇人的天职：有钱的人家固然可以雇人代做，但是中人以下的人家，这是做不到的；因此往往有可造就的女子人才竟被家庭事务埋没了，不能有机会发展他的个性的才能。欧美提倡废家庭制度的人，大多数是自食其力的美术家和文人。这一派人所以反对家庭，正因为家庭的负担有碍于他们才性的自由发展。还有那避妊的行为，也是为此。先生说他们的流弊可以"把一切文明事业尽行推翻"，未免太过了。

（二）先生说，"妇女解放是解放人格，不是解放性欲"。学者的提倡共妻制度（如柏拉图所说），难道是解放性欲吗？还有那种有意识的自由恋爱，据我所见，都是尊重性欲的制裁的。无制裁的性欲，不配称恋爱，更不配称自由恋爱。

（三）先生论儿童归公家教养一段，理由很不充足。这种主张从柏拉图以来，大概有三种理由：（甲）公家教养儿童，可用专门好手，功效可以胜过平常私家的教养，因为有无量数的父母都是不配教养子女的；（乙）儿女乃是社会的分子，并不是你我的私产，所以教养儿童并不全是先生所说"自己应尽的义务"；（丙）依分功互助的道理，有些愿意教养儿童的人便去替公家教养儿童，有些不愿意或不配教养儿童的人便去做旁的事业。先生说，"既说平等，为什么又要一种人来替你尽那不愿意教养儿童的义务呢？"他们并不说人人能力才性都平等（这种平等说是绝对不能成立的），他们也不要勉强别人做不愿意的事；他们只要各人分功互助，各人做自己愿意做的事。

（四）先生又说共妻主义的大罪恶在于"拿极少数人的偏见来破坏人类精神生活上万不可缺的家庭制度"。这话固然有理，但是我们革新家不应该一笔抹杀"极少数人的偏见"；我们应该承认这些极少数人有自由实验他所主张的权利。

（五）先生说"共妻主义实际上是把妇女当做机械牛马"。这话未免冤枉共妻主义的人了。我手头没有近代主张共妻的书，我且引柏拉图的《共和国》中论公妻的一节为证（Republic，458–459）：

> 假定你做了（这个理想国的）立法官，既然选出了那些最好的男子，就该选出一些最好的女子，要拣那些最配得上这些男子的，使他们男女同居公共的房子，同在一块用餐。他们都不许有自己的东西；他们同作健身的运动，同在一处养育长大。他们自然会被一种天性的必要（Necessity）牵引起来互相结合。我用"必要"一个字，不太强吗？
>
> （答）不太强。你所谓"必要"自然不是几何学上的必要；这种必要只有有情的男女才知道的。
>
> 这种必要对于一般人类的效能比几何学上的必要还大的多咧。
>
> 是的。但是这种事的进行须要有秩序。在这个乐国里面，淫乱是该禁止的。
>
> （答）应该如此。
>
> 你的主张是要使配偶成为最高洁神圣的，要使这种最有益

的配偶成为最高洁神圣的吗？

（答）正是。

这就可见古代的共妻论已不曾把妇女当做机械牛马一样看待。近世个性发展，女权伸张，远胜古代，要是共妻主义把妇女看作机械牛马，还能自成一说吗？至于先生把自由恋爱解作"两方同意性欲关系即随便可以结合，不受何等制限"，这也不很公平。世间固然有一种"放纵的异性生活"装上自由恋爱的美名。但是有主义的自由恋爱也不能一笔抹杀。古今正式主张自由恋爱的人，大概总有一种个性的人生观，决不是主张性欲自由的。最著名的先例是 William Godwin 和 Mary Wollstoncraft 的关系。Godwin 最有名的著作 Political Justice 是主张自由恋爱最早的一部书。他后来遇见那位女界的怪杰 Mary Wollstoncraft，居然实行他们理想中的恋爱生活。Godwin 书中曾说自由恋爱未必就有"淫乱"的危险，因为人类的通性总会趋向一个伴侣，不爱杂交；再加上朋友的交情，自然会把粗鄙的情欲变高尚了。即使让一步，承认自由恋爱容易解散，这也未必一定是最坏的事。论者只该问这一桩离散是有理无理，不该问离散是难是易。最近北京有一家夫妇不和睦，丈夫对他妻子常用野蛮无理的行为，后来他妻子跑回母家去了，不料母家的人说他是弃妇，瞧不起他，他受不过这种嘲笑，只好含羞忍辱回他夫家去受他丈夫的虐待！这种婚姻可算得不容易离散了，难道比容易离散的自由恋爱更好吗？自由恋爱的离散未必全由于性欲的厌倦，也许是因为人格上有不能再同居的理由。他们既然是人格的结合，——有主张的自由恋爱应该是人格的结合！——如今觉得继续同居有妨碍于彼此的人格，自然可以由两方自由解散了。

以上答先生的第五层，完全是学理的讨论；因为先生提到共妻和自由恋爱两种主张，故我也略说几句。我要正式声明，我并不是主张这两种制度的；不过我是一个研究思想史的人，所以对于无论那一种学说，总想寻出他的根据理由，我决不肯"笼统"排斥他。

民国八年四月

（原载 1919 年 4 月 15 日《新青年》第 6 卷第 4 号）

论女子为强暴所污

——答萧宜森

萧先生原书：

　　……学生有一最亲密的朋友，他的姐姐在前几年曾被土匪掳去，后来又送还他家。我那朋友常以此事为他家"奇耻大辱"，所以他心中常觉不平安；并且因为同学知道此事，他在同学中常像是不好意思似的。学生见这位朋友心中常不平安，也就常将此事放在心中思想。按着中国的旧思想，我这位朋友的姐姐就应当为人轻看，一生受人的侮慢，受人的笑骂。但不知按着新思想，这样的女人应居如何的地位？

　　学生要问的就是：

　　（1）一个女子被人污辱，不是他自愿的，这女子是不是应当自杀？

　　（2）若这样的女子不自杀，他的贞操是不是算有缺欠？他的人格的尊严是不是被灭杀？他应当受人的轻看不？

　　（3）一个男子若娶一个曾被污辱的女子，他的人格是不是被灭杀？应否受轻看？

（1）女子为强暴所污，不必自杀。

我们男子夜行，遇着强盗，他用手枪指着你，叫你把银钱戒指拿下来送给他。你手无寸铁，只好依着他吩咐。这算不得懦怯。女子被污，平心想来，与此无异。都只是一种"害之中取小"。不过世人不肯平心着想，故妄信"饿死事极小，失节事极大"的谬说。

（2）这个失身的女子的贞操并没有损失。

平心而论，他损失了什么？不过是生理上，肢体上，一点变态罢了！正如我们无意中砍伤了一只手指，或是被毒蛇咬了一口，或是被汽车碰伤了一根骨头。社会上的人应该怜惜他，不应该轻视他。

（3）娶一个被污了的女子，与娶一个"处女"，究竟有什么分别？若有人敢打破这种"处女迷信"，我们应该敬重他。

（本文收入《胡适文存》时未经发表，后收入《胡适来往书信选》上册，中华书局1979年版。从信后所署日期知写于1920年6月22日）

卷二

论女子解放

慈幼的问题

我的一个朋友对我说过一句很深刻的话："你要看一个国家的文明，只消考察三件事：第一，看他们怎样待小孩子；第二，看他们怎样待女人；第三，看他们怎样利用闲暇的时间。"

这三点都很扼要，只可惜我们中国禁不起这三层考察。这三点之中，无论那一点都可以宣告我们这个国家是最野蛮的国家。

我们怎样待孩子？我们怎样待女人？我们怎样用我们的闲暇工夫？——凡有夸大狂的人，凡是夸大我们的精神文明的人，都不可不想想这三件事。

其余两点，现今且不谈，我们来看看我们怎样待小孩子。

从生产说起。我们到今天还把生小孩看作最污秽的事，把产妇的血污看作最不净的秽物。血污一冲，神仙也会跌下云头！这大概是野蛮时代遗传下来的迷信。但这种迷信至今还使绝大多数的人民避忌产小孩的事，所以"接生"的事至今还在绝无知识的产婆的手里，手术不精，工具不备，消毒的方法全不讲究，救急的医药全不知道。顺利的生产有时还不免危险，稍有危难的症候便是有百死而无一生。

生下来了，小孩子的卫生又从来不讲究。小孩总是跟着母亲睡，哭时便用奶头塞住嘴，再哭时便摇他，再哭时便打他。饮食从没有分量，疾病从不知隔离。有病时只会拜神许愿，求仙方，叫魂，压邪。中国小孩的长大全是靠天，只是侥幸长大，全不是人事之功。

小孩出痘出花，都没有科学的防卫。供一个"麻姑娘娘"，供一个"花姑娘娘"，避避风，忌忌口；小孩子若安全过去了，烧香谢神；小孩子若遇了危险，这便是"命中注定"！

普通人家的男孩子固然没有受良好教育的机会，女孩子便更痛苦了。女孩子到了四五岁，母亲便把她的脚裹扎起来，小孩疼的号哭叫喊，母亲也是眼泪直滴。但这是为女儿的终身打算，不可避免的，所以母亲噙着眼泪，忍着心肠，紧紧地扎缚，密密地缝起，总要使骨头扎断，血肉干枯，变成三四寸的小脚，然后父母才算尽了责任，女儿才算有了做女人的资格！

孩子到了六七岁以上，女孩子固然不用进学堂去受教育，男孩子受的教育也只是十分野蛮的教育。女孩在家里裹小脚，男孩在学堂念死书。怎么"念死书"呢？他们的文字都是死人的文字，字字句句都要翻译才能懂，有时候翻译出来还不能懂。例如《三字经》上的"苟不教"，我们小孩子念起来只当是"狗不叫"，先生却说是"倘使不教训"。又如《千字文》上的"天地玄黄，宇宙洪荒"，我从五岁时读起，现在做了十年大学教授，还不懂得这八个字究竟说的是什么话！所以叫做"念死书"。

因为念的是死书，所以要下死劲去念。我们做小孩子时候，天刚亮，便进学堂去"上早学"，空着肚子，鼓起喉咙，念三四个钟头才回去吃早饭。从天亮直到天黑，才得回家。晚上还要"念夜书"。这种生活实在太苦了，所以许多小孩子都要逃学。逃学的学生，捉回来之后，要受很严厉的责罚，轻的打手心，重的打屁股。有许多小孩子身体不好的，往往有被学堂磨折死的，也有得神经病终身的。

这是我们怎样待小孩子！

我们深深感谢帝国主义者，把我们从这种黑暗的迷梦里惊醒起来。我们焚香顶礼感谢基督教的传教士带来了一点点西方新文明和新人道主义，叫我们知道我们这样待小孩子是残忍的，惨酷的，不人道的，野蛮的。我们十分感谢这班所谓"文化侵略者"提倡"天足会"、"不缠足会"，开设新学堂，开设医院，开设妇婴医院。

我们用现在的眼光来看他们的工作，他们的学堂不算好学堂，他们的医院也不算好医院。但是他们是中国新教育的先锋，他们是中国"慈幼运动"的开拓者，他们当年的缺陷，是我们应该原谅宽恕的。

几十年来，中国小孩子比较的减少了一点痛苦，增加了一点乐趣。但"慈幼"的运动还只在刚开始的时期，前途的工作正多，前途的希望也正大。我们在这个时候，一方面固然要宣传慈幼运动的重要，一方面也应该细细计划慈幼事业的问题和他们的下手方法。中华慈幼协济会的主持人已请了许多专家分任各种问题的专门研究，我今天也想指出慈幼事业的几个根本问题，供留心这事的人的参考。

我以为慈幼事业在今日有这些问题：

（1）产科医院和"巡行产科护士"（Visiting nurse）的提倡。产科医院的设立应该作为每县每市的建设事业的最紧急部分，这是毫无可疑的。但欧美的经验使我们知道下等社会的妇女对于医院往往不肯信任，他们总不肯相信医院是为他们贫人设的，他们对于产科医院尤其怀疑畏缩。所以有"巡行护士"的法子，每一区区域内有若干护士到人家去访问视察，得到孕妇的好感，解释他们的怀疑，帮助他们解除困难，指点他们讲究卫生。这是慈幼事业的根本要着。

（2）儿童卫生固然重要，但儿童卫生只是公共卫生的一个部分。提倡公共卫生即是增进儿童卫生。公共卫生不完备，在蚊子苍蝇成群的空气里，在臭水沟和垃圾堆的环境里，在浓痰满地病菌飞扬的空气里，而空谈慈幼运动，岂不是一个大笑话？

（3）女子缠足的风气在内地还不曾完全消灭，这也是慈幼运动应该努力的一个方向。

（4）慈幼运动的中心问题是养成有现代知识训练的母亲。母亲不能慈幼，或不知怎样慈幼，则一切慈幼运动都无是处。现在的女子教育似乎很忽略这一方面，故受过中等教育的女子往往不知道怎样养育孩子。上月西湖博览会的卫生馆有一间房子墙上陈列许多产科卫生的图画，和传染病的图画。我看见一些女学生进来参观，他们见了这种图画往往掩面飞跑而过。这是很可惜的。女子教育的目的固然是要养成能独立的"人"，同时也不能不养成做妻做母的知识。从前昏谬的圣贤说，"未有学养子而后嫁者也"。现在我们正要个个女子先学养子，学教子，学怎样保卫儿童的卫生，然后谈恋爱，择伴侣。故慈幼运动应该注重（甲）女学的扩充，（乙）女子教育的改善。

（5）儿童的教育应该根据于儿童生理和心理。这是慈幼运动的一个基本原则。向来的学堂完全违背儿童心理，只教儿童念死书，下死劲。近年的小学全用国语教课，减少课堂工作，增加游戏运动，固然是一大进步。但我知道各地至今还有许多小学校不肯用国语课本，或用国语课本而另加古文课本；甚至于强迫儿童在小学二三年级作文言文，这是明明违背民国十一年以来的新学制，并且根本不合儿童生理和心理。慈幼的意义是改善儿童的待遇，提高儿童的幸福。这种不合儿童生理和心理的学校，便是慈幼运动的大仇敌，因为他们的行为便是虐待儿童，增加学校生活的苦痛。

他们所以敢于如此，只因为社会上许多报纸和政府的一切法令公文都还是用死文字做的，一般父兄恐怕儿女不懂古文将来谋生困难，故一些学校便迎合这种父兄心理，加添文言课本，强迫作文言文。故慈幼运动者在这个时候一面应该调查各地小学课程，禁止小学校用文言课本或用文言作文；一面还应该为减少儿童痛苦起见，努力提倡国语运动，请中央及各地方政府把一切法令公文改成国语，使顽固的父兄教员无所借口。这是慈幼运动在今日最应该做而又最容易做的事业。

十八年十月[9]

---

[9] 胡适文末标有文章写作时间，此处意为民国十八年十月所作，后有所省略，如"十八、十"字样，亦同此理，不再一一作注。

论家庭教育

　　唉！可怜呵！可怜我中国几万万同胞懵懵懂懂无知无识的生在世界上，给人家瞧不起，给人家当奴才当牛马，这种种的苦趣，种种的耻辱，究竟祸根在那里？病源在那里呵？照我看起来，总归是没有家庭教育的结果罢了。什么叫做家庭教育呢？就是一个人小的时候在家中所受的教训。列位看官，你们不听见俗语中有一句话么？"山树条，从小弯"（这是我们徽州的俗语），又说道："三岁定八十。"可见一个人小的时候，最是要紧，将来成就大圣大贤大英雄大豪杰，或是成就一个大奸大盗小窃偷儿，都在这"家庭教育"四个字上分别出来。儿子孙子将来或是荣宗耀祖，或是玷辱祖宗，也都在这"家庭教育"四个字上分别出来。看官要晓得这少年时代，便是一个人最紧要的关头，这家庭教育，便是过这关头的令箭，所以我今天便详详细细的说一番，列位且听我道来。

　　我们中国古时候，最注重这家庭教育，儿子还在母亲怀中没有生下来，便要行那胎教，做母亲的，席不正不坐，行步不敢不正，不听非礼之音，不说非礼之言，这便叫做胎教。儿子生下地来，便要拣一个好的保姆，好好的教导他。做父母的，更不用说了。列位之中，大约有读过《礼记》的，你看那《礼记》上说的，六岁教他什么，七岁教他什么，八岁九岁教什么，到了十岁，才出来从师读书，十岁以内，便都是父母的教训，这便叫做家庭教育。看官须记清，我中国古时的人，都是受过家庭教育来的了。

看官要晓得，这家庭教育，最重要的，便是母亲。因为做父亲的，断不能不出外干事，断不能常常住在家中，所以这教儿子的事情，便是那做母亲的专责了。古时的人，把娶妻的事情，看得极重，女子教育，还不致十分抛却。又把儿子看得极重，以为做父母的身后一切责任，都靠儿子，所以这家庭教育，十分发达。只可怜一天不如一天，一朝不如一朝，女子的教育，一日不如一日，家庭教育便一日衰似一日了。做母亲的，把儿子看做宝贝一般，一些也不敢得罪，吃要吃得好，穿要穿得好，做了极狡猾极凶极恶的事情，做母亲的还要说这是我儿子的才干呢！这样的事情，把做儿女的纵容得无法无天，什么事都会干出来。有时候，父亲看了不过意，说他几句，骂他几声，做母亲的还要偏护着儿子，种种替他遮掩。唉！这便是中国国民愚到这样地位的原因。这个问题要再不改良，我们中国的人，要都变作蠢蠢的牛马了。

现在要改良家庭教育，第一步便要广开女学堂。为什么呢？因为列位看官中，听了兄弟的话，或者有人回去要办起家庭教育来了。但是列位府上的嫂子们，未必个个都会懂得，列位要说改良，他们仍旧照老规矩，极力纵容，极力遮掩，列位又怎样奈何他呢？所以兄弟的意思，很想多开些女学堂。列位要晓得，这女学堂便是制造好母亲的大制造厂。列位要想得好儿子，便要兴家庭教育，要兴家庭教育，便要大开女学堂。列位万不可不留意于此呵！

开女学堂的办法，或者有什么地方办不到。所以兄弟很巴望列位看官个个回去，劝劝你们的嫂子们，说儿子是一定要教训的，儿子不教训，弄坏了，将来你们老了，倚靠何人？总而言之，这家庭教育在如今，格外要紧，格外不能不办，兄弟是从来不说玩话的呵！

（原载1908年9月6日《竞业旬报》第26期，署名铁儿）

女子解放从那里做起？

《星期评论》问我"女子解放从那里做起？"我的答案是："女子解放当从女子解放做起。此外更无别法。"

这话初听了似乎不通。其实这是我想了一夜再三改正的答案。

先说女子的教育。人都说现在的女子教育大失败，因为女学生有卖淫的、有做妾的、有做种种不名誉的事的。我说，这不是女子教育失败，这是女子教育不曾解放的失败。我们只给女子一点初等教育，不许他受高级教育；只教他读一点死书，不许他学做人的生活。这种教育我们就想收大功效吗？可算是做梦了！

补救女子教育的失败，就是多给他一点教育，不解放的教育失败了，多给他一点解放的教育。

解放的女子教育是：无论中学大学，男女同校，使他们受同等的预备，使他们有共同的生活。

初办解放的教育一定有危险的，但是这种危险没有法子补救，只有多多的解放。解放是消除解放的危险的唯一法子。

教育如此，女子社交的解放、生计的解放、婚姻的解放，都是一样的。解放的唯一方法就是实行解放。

人常说"解放必须女子先有解放的资格"。换句话说："先教育，先预备，然后解放。"我说："解放就是一种教育，而且是一种很有功效的活教育。"嘴上空谈解放的预备，实际上依旧把自己的姊妹妻女关起来，叫他们受那种预备将来解放的教育，这是极可笑的事。我十年前也曾提倡男女社交的解放，后来初同美国女子做朋友，竟觉得手足无措，话都说不出来。所以我说，我们如果深信女子解放，应该从实行解放做起。

（原载 1919 年 7 月 27 日《星期评论》第 8 号）

谈"女子解放与家庭改组"

慰慈这篇文章的见解很可以补救现时人所主张的缺点。现在有许多人提倡"小家庭",以夫妇儿女为单位。这是很不错的。但这种个人主义的小家庭是一种奢侈品。除少数很有余钱的人家,决不能多雇男女仆人,所以家妇的职务格外加重,那有余力来做真正解放的事业呢?我并不是说解放了的妇女便不该做煮饭炒菜洗衣裳的事。我的意思是说,如果一个女子是很配做学者或美术家的,因为社会的组织不完备,他不得不在他的小家庭里做那煮饭洗衣裳的事,这岂不是社会的大损失吗?所以慰慈说的"新家庭的事务非由多数家庭组织团体同力合办不可"是比"小家庭"的主张更进一层了。

（原载 1919 年 8 月 10 日《每周评论》第 34 号）

大学开女禁的问题

《少年中国》的朋友要我讨论这个问题，我且随便把我的一点意思发表在此，只可算作讨论这个的引子，算不得一篇文章。我是主张大学开女禁的。我理想中的进行次序，大略如下：

第一步，大学当延聘有学问的女教授，不论是中国女子是外国女子，这是养成男女同校的大学生活的最容易的第一步。

第二步，大学当先收女子旁听生。大学现行修正的旁听生规则虽不曾明说可适用于女子，但将来如有程度相当的女子，应该可以请求适用这种规则。为什么要先收女子旁听生呢？因为旁听生不限定预科毕业，只须有确能在本科听讲的程度，就可请求旁听。现在女子学制没有大学预科一级，女子中学同女子师范的课程又不与大学预科相衔接，故最方便的法子是先预备能在大学本科旁听。有志求大学教育的人本不必一定要得学位。况且修正的旁听规则明说旁听生若能将正科生的学科习完，并能随同考试及格，修业期满时，得请求补行预科必修科目的考试，此项考试如及格，得请求与改为正科生，并授予学位。将来女子若能做得这一步，已比英国几个旧式大学只许女子听讲不给学位的办法更公平了。

第三步，女学界的人应该研究现行的女子学制，把课程大加改革，总得使女子中学的课程与大学预科的入学程度相衔接，使高等女子师范预科的课程与大学预科相等，若能添办女子的大学预科，便更好了。这几层是今日必不可缓的预备。现在的女子中学，程度太浅了，外国语一层，更不注意，各省的女子师范多把部章的每年每周三时的外国语废了。即使不废，那每周三小时的随意科，能教得一点什么外国语？北京的女子高等师范预科，去年只有每周二时的外国语，今年本科始加至每周五时。高等师范本科的学生竟有不曾学过外国语的。这是女子学校自己断绝进大学的路。至于那些教会的女学校，外国语固然很注意，但是国文与科学又多不注重。这也是断绝入大学的路。依现在的情形看来，即使大学开女禁，收女学生，简直没有合格的女学生能享受这种权利！这不是很可怪的现状吗？前两个月，有一位邓女士在报上发表他给大学蔡校长请求大学开女禁的信。我初见了这信，以为这是可喜的消息。不料我读下去，原来邓女士是要求大学准女子进补习班的！补习班是为那些不能进预科的人设的。一个破天荒请求大学开女禁的女子，连大学预科都不敢希望，岂不令人大失望吗？这个虽不能怪邓女士，但是我们主张大学开女禁的人，应该注意这一点，赶紧先把现在的女子学校彻底研究一番，应改革的，赶紧改革，方才可以使中国女子有进入大学的资格。有进大学资格的女子多了，大学还能闭门不纳女子吗？

　　以上三层，是我对于这个问题的意见。我虽是主张大学开女禁的，但我现在不能热心提倡这事。我的希望是要先有许多能直接入大学的女子，现在空谈大学开女禁，是没有用的。

八年九月二十五日夜作

（原载 1919 年 10 月 15 日《少年中国》第 1 卷第 4 期）

《镜花缘》是一部讨论妇女问题的书[10]

现在我们要回到《镜花缘》的本身了。

《镜花缘》第四十九回，泣红亭的碑记之后，有泣红亭主人的总论一段，说：

> 以史幽探、哀萃芳冠首者，盖主人自言穷探野史，尝有所见，惜湮没无闻，而哀群芳之不传，因笔志之。……结以花再朽，非若花之再芳乎？所列百人，莫非琼林琪树，合璧骈珠，故以全贞毕焉。

这是著者著书的宗旨。我们要问，著者自言"穷探野史，尝有所见"，究竟他所见的是什么？

我的答案是：李汝珍所见的是几千年来忽略了的妇女问题。他是中国最早提出这个妇女问题的人，他的《镜花缘》是一部讨论妇女问题的小说。他对于这个问题的答案是，男女应该受平等的待遇，平等的教育，平等的选举制度。

这是《镜花缘》著作的宗旨。我是最痛恨穿凿附会的人，但我研究《镜花缘》的结果，不能不下这样的一个结论。

---

[10] 节选自《〈镜花缘〉的引论》。

我们先要指出，李汝珍是一个留心社会问题的人。这部《镜花缘》的结构，很有点像司威夫特（Swift）的《海外轩渠录》（Gulliver's Travels），是要想借一些想象出来的"海外奇谈"来讥评中国的不良社会习惯的。最明显的是第十一第十二回君子国的一大段；这里凡提出了十二个社会问题：

（1）商业贸易的伦理问题。（第十一回）

（2）风水的迷信。（以下均第十二回）

（3）生子女后的庆贺筵宴。

（4）送子女入空门。

（5）争讼。

（6）屠宰耕牛。

（7）宴客的看馔过多。

（8）三姑六婆。

（9）后母。

（10）妇女缠足。

（11）用算命为合婚。

（12）奢侈。

这十二项之中，虽然也有迂腐之谈，——如第一，第五，诸项——但有几条确然是很有见解的观察。内中最精彩的是第十和第十一两条。第十条说：

　　　　吾闻尊处向有妇女缠足之说。始缠之时，其女百般痛苦，抚足哀号，甚至皮腐肉败，鲜血淋漓。当此之际，夜不成寐，食不下咽；种种疾病，由此而生。小子以为此女或有不肖，其母不忍置之于死，故以此法治之。谁知系为美观而设！若不如此，即不为美！试问鼻大者削之使小，额高者削之使平，人必谓为残废之人。何以两足残缺，步履艰难，却又为美？即如西子、王嫱皆绝世佳人，彼时又何尝将其两足削去一半？况细推其由，与造淫具何异？此圣人之所以必诛，贤者之所不取。

第十一条说：

婚姻一事，关系男女终身，理宜慎重，岂可草率？既要联姻，如果品行纯正，年貌相当，门第相对，即属绝好良姻，何必再去推算？……尤可笑的，俗传女命，北以属羊为劣，南以属虎为凶。其说不知何意，至今相沿，殊不可解。人值未年而生，何至比之于羊？寅年而生，又何至竟变为虎？且世间惧内之人，未必皆系属虎之妇。况鼠好偷窃，蛇最阴毒，那属鼠属蛇的岂皆偷窃阴毒之辈？牛为负重之兽，自然莫苦于此；岂丑年所生都是苦命？此皆愚民无知，造此谬论。往往读书人亦染此风，殊为可笑。总之，婚姻一事，若不论门第相对，不管年貌相当，惟以合婚为准，势必将就勉强从事，虽有极美良姻，亦必当面错过，以致日后儿女抱恨终身，追悔无及。为人父母的倘能洞察合婚之谬，惟以品行年貌门第为重，至于富贵寿考，亦惟听之天命，即日后别有不虞，此心亦可对住儿女，儿女似亦无怨了。

这两项都是妇女问题的重要部分；我们在这里已可看出李汝珍对于妇女问题的热心了。

大凡写一个社会问题，有抽象的写法，有具体的写法。抽象的写法，只是直截指出一种制度的弊病，和如何救济的方法。君子国里的谈话，便是这种写法，正如牧师讲道，又如教官讲《圣谕广训》扯长了面孔讲道理，全没有文学的趣味，所以不能深入人心。李汝珍对于女子问题，若单有君子国那样干燥枯寂的讨论，就不能算是一个文学家了。《镜花缘》里最精彩的部分是女儿国一大段。这一大段的宗旨只是要用文学的技术，诙谐的风味，极力描写女子所受的不平等的，惨酷的，不人道的待遇。这个女儿国是李汝珍理想中给世间女子出气申冤的乌托邦。在这国里：

> 历来本有男子；也是男女配合，与我们一样。其所异于人的，男子反穿衣裙，作为妇人，以治内事；女子反穿靴帽，作为男人，以治外事。

唐敖看了那些男人，说道：

> 九公，你看他们原是好妇人，却要装作男人，可谓矫揉造作了。

多九公笑道：

> 唐兄，你是这等说，只怕他们看见我们，也说我们放着好好妇人不做，却矫揉造作，充作男人哩。

唐敖点头道：

> 九公此话不错。俗语说的，习惯成自然。我们看他们虽觉异样，无如他们自古如此，他们看见我们，自然也以我们为非。

这是李汝珍对于妇女问题的根本见解：今日男尊女卑的状况，并没有自然的根据，只不过是"自古如此"的"矫揉造作"，久久变成"自然"了。

请看女儿国里的妇人：

> 那边有个小户人家，门内坐着一个中年妇人，一头青丝黑发，油搽的雪亮，真可滑倒苍蝇；头上梳一盘龙鬏儿，鬓旁许多珠翠，真是耀花人眼睛；耳坠八宝金环，身穿玫瑰紫的长衫，下穿葱绿裙儿；裙下露着小小金莲，穿一双大红绣鞋，刚刚只得三寸；伸着一双玉手，十指尖尖，在那里绣花；一双盈盈秀目，两道高高蛾眉，面上许多脂粉；再朝嘴上一看，原来一部胡须，是个络腮胡子。

这位络腮胡子的美人，望见了唐敖多九公，大声喊道：

> 你面上有须，明明是个妇人，你却穿衣戴帽，混充男人。你也不管男女混杂。你明虽偷看妇女，你其实要偷看男人。你这臊货，你去照照镜子，你把本来面目都忘了。你这蹄子也不怕羞！你今日幸亏遇见老娘，你若遇见别人，把你当作男人偷

看妇女，只怕打个半死哩！

以上写"矫揉造作"的一条原理，虽近于具体的写法，究竟还带一点抽象性质。第三十三回写林之洋选作王妃的一大段，方才是富于文学趣味的具体描写法。那天早晨，林之洋说道：

> 幸亏俺生中原。若生这里，也教俺缠足，那才坑死人哩。

那天下午，果然就"请君入瓮"！女儿国的国王看中了他，把他关在宫里，封他为王妃。

> 早有宫娥预备香汤，替他洗浴，换了袄裤，穿了衫裙，把那一双大金莲暂且穿了绫袜，头上梳了鬏儿，搽了许多头油，戴上凤钗，搽了一脸香粉，又把嘴唇染的通红，手上戴了戒指，腕上戴了金镯，把床帐安了，请林之洋上坐。

这是"矫揉造作"的第一步。第二步是穿耳：

> 几个中年宫娥走来，都是身高体壮，满嘴胡须。内中一个白须宫娥，手拿针线，走到床前跪下道："禀娘娘，奉命穿耳。"早有四个宫娥上来，紧紧扶住。那白胡宫娥上前，先把右耳用指将那穿针之处碾了几碾，登时一针穿过。林之洋大叫一声"痛杀俺了！"往后一仰，幸亏宫娥扶住。又把左耳用手碾了几碾，也是一针直过。林之洋只痛的喊叫连声。两耳穿过，用些铅粉

涂上，揉了几揉，戴了一副八宝金环。白须宫娥把事办毕退去。

第三步是缠足：

　　接着，有个黑须宫人，手拿一疋白绫，也向床前跪下道："禀娘娘，奉命缠足。"又上来两个宫娥，都跪在地下，扶住金莲，把绫袜脱去。那黑须宫娥取了一个矮凳，坐在下面，将白绫从中撕开，先把林之洋右足放在自己膝盖上，用些白矾洒在脚缝内，将五个脚指紧紧靠在一处，又将脚面用力曲作弯弓一般，即用白绫缠裹。才缠了两层，就有宫娥拿着针线上来密密缝口。一面狠缠，一面密缝。林之洋身旁既有四个宫娥紧紧靠定，又被两个宫娥把脚扶住，丝毫不能转动。及至缠完，只觉脚上如炭火烧的一般，阵阵疼痛，不觉一阵心酸，放声大哭道："坑死俺了！"两足缠过，众宫娥草草做了一双软底大红鞋替他穿上。林之洋哭了多时。

林之洋——同一切女儿一样——起初也想反抗。他就把裹脚解放了，爽快了一夜。次日，他可免不掉反抗的刑罚了。一个保母走上来，跪下道："王妃不遵约束，奉命打肉。"

　　林之洋看了，原来是个长须妇人，手捧一块竹板，约有三寸宽，八尺长，不觉吃了一吓道："怎么叫作打肉？"只见保母手下四个微须妇人，一个个膀阔腰粗，走上前来，不由分说，轻轻拖翻，褪下中衣。保母手举竹板，一起一落，竟向屁股大腿一路打去。林之洋喊叫连声，痛不可忍。刚打五板，业已肉绽皮开，血溅茵褥。

"打肉"之后，

林之洋两只金莲被众官人今日也缠，明日也缠，并用药水薰洗，未及半月，已将脚面弯曲，折作凹段，十指俱已腐烂，日日鲜血淋漓。

他——她——实在忍不住了，又想反抗了，又把裹脚的白绫乱扯去了。这一回的惩罚是："王妃不遵约束，不肯缠足，即将其足倒挂梁上。"

林之洋此时已将生死付之度外，即向众官娥道："你们快些动手，越教俺早死，俺越感激。只求越快越好。"于是随着众人摆布。

好一个反抗专制的革命党！然而——

谁知刚把两足用绳缠紧，已是痛上加痛。及至将足吊起，身子悬空，只觉眼中金星乱冒，满头昏晕，登时疼的冷汗直流，两腿酸麻。只得咬牙忍痛，闭口合眼，只等早早气断身亡，就可免了零碎吃苦。吊了片时，不但不死，并且越吊越觉明白，两足就如刀割针刺一般，十分痛苦。咬定牙关，左忍右忍，那里忍得住！不因不由杀猪一般喊叫起来，只求国王饶命。保母随即启奏，放了下来。从此只得耐心忍痛，随着众人，不敢违拗。众宫娥知他畏惧，到了缠足时，只图早见功效，好讨国王欢喜，更是不顾死活，用力狠缠。屡次要寻自尽，无奈众人日夜提防，真是求生不能，求死不得。不知不觉那足上腐烂的血肉都已变成脓水，业已流尽，只剩几根枯骨，两足甚觉瘦小。

一个平常中国女儿十几年的苦痛，缩紧成几十天的工夫，居然大功告成了！林之洋在女儿国御设的"矫揉造作速成科"毕业之后，

到了吉期，众宫娥都绝早起来，替他开脸梳裹，搽脂抹粉，更比往日加倍殷勤。那双金莲虽觉微长，但缠的弯弯，下面衬了高底，穿着一双大红凤头鞋，却也不大不小。身上穿了蟒衫，头上戴了凤冠，浑身玉佩叮当，满面香气扑人；虽非国色天香，却是袅袅婷婷。

不多时，有几个宫人手执珠灯，走来跪下道："吉时已到，请娘娘先升正殿，伺候国主散朝，以便行礼进宫。就请升舆。"林之洋听了，到像头顶上打了一个霹雳，只觉耳中嘤的一声，早把魂灵吓的飞出去了。众宫娥不由分说，一齐挽扶下楼，上了凤舆，无数宫人簇拥来到正殿。国王业已散朝，里面灯烛辉煌，众宫人挽扶，林之洋颤颤巍巍，如鲜花一枝，走到国王面前，只得弯着腰儿，拉着袖儿，深深万福叩拜。

几十天的"矫揉造作"，居然使一个天朝上国的堂堂男子，向

那女儿国的国王，颤颤巍巍地"弯着腰儿，拉着袖儿，深深万福叩拜"了！

几千年来，中国的妇女问题，没有一人能写的这样深刻，这样忠厚，这样怨而不怒。《镜花缘》里的女儿国一段是永远不朽的文字。

女儿国唐敖治河一大段，也是寓言，含有社会的，政治的意义。请看唐敖说那处河道的情形：

> 以彼处形势而论，两边堤岸高如山陵，而河身既高且浅，形象如盘，受水无多，以至为患。这总是水大之时，惟恐冲决漫溢，且顾目前之急，不是筑堤，就是培岸。及至水小，并不预为设法挑挖疏通。到了水势略大，又复培壅，以致年复一年，河身日见其高。若以目前形状而论，就如以浴盆置于屋脊之上，一经漫溢，以高临下，四处皆为受水之区，平地即成泽国。若要安稳，必须将这浴盆埋在地中，盆低地高，既不畏其冲决，再加处处深挑，以盘形变成釜形。受水既多，自然可免漫溢之患了。

这里句句都含有双关的意义，都是暗指一个短见的社会或短见的国家，只会用"筑堤"、"培岸"的方法来压制人民的能力，全不晓得一个"疏"字的根本救济法。李汝珍说的虽然很含蓄，但他有时也很明显：

> 多九公道："治河既如此之易，难道他们国中就未想到么？"

唐敖道："昨日九公上船安慰他们，我唤了两个人役细细访问。此地向来铜铁甚少，兼且禁用利器，以杜谋为不轨。国中所用，大约竹刀居多。惟富家间用银刀，亦甚希罕。所有挑河器具一概不知……"

这不是明明的一个秦始皇的国家吗？他又怕我们轻轻放过这一点，所以又用诙谐的写法，叫人不容易忘记：

多九公道："原来此地铜铁甚少，禁用利器。怪不得此处药店所挂招牌，俱写'咬片'、'咀片'。我想好好药品，自应切片，怎么倒用牙咬？腌臜姑且不论，岂非舍易求难么？老夫正疑此字用的不解。今听唐兄之言，无怪要用牙咬了……"

请问读者，如果著者没有政治的意义，他为什么要在女儿国里写这种压制的政策？女儿国的女子，把男子压伏了，把他们的脚缠小了，又恐怕他们造反，所以把一切利器都禁止使用，"以杜谋为不轨"。这是何等明显的意义！

女儿国是李汝珍理想中女权伸张的一个乌托邦，那是无可疑的。但他又写出一个黑齿国，那又是他理想中女子教育发达的一个乌托邦了。

黑齿国的人是很丑陋的：

其人不但通身如墨，连牙齿也是黑的。再加一点朱唇，两道红眉，一身黑衣，其黑更觉无比。

然而黑齿国的教育制度，却与众不同。唐敖、多九公一上岸，便看见一所"女学塾"。据那里的先生说：

> 至敝乡考试历来虽无女科，向有旧例，每到十余年，国母即有观风盛典。凡有能文处女，俱准赴试，以文之优劣，定以等第，或赐才女匾额，或赐冠带荣身，或封其父母，或荣及翁姑，乃吾乡胜事。因此，凡生女之家，到了四五岁，无论贫富，莫不送塾攻书，以备赴试。

再听林之洋说：

> 俺因他们脸上比炭还黑，俺就带了脂粉上来。那知这些女人因搽脂粉反觉丑陋，都不肯买，倒是要买书的甚多。俺因女人不买脂粉，倒要买书，不知甚意；细细打听，才知这里向来分别贵贱就在几本书上。
> 他们风俗，无论贫富，都以才学高的为贵，不读书的为贱。就是女人也是这样。到了年纪略大，有了才名，方有人求亲。若无才学，就是生在大户人家，也无人同他婚配。因此他们国中不论男女，自幼都要读书。

这是不是一个女学发达的乌托邦？李汝珍要我们特别注意这个乌托邦，所以特别描写两个黑齿国的女子，亭亭和红红，把天朝来的那位多九公考的"目瞪口呆","面上红一阵,白一阵,头上只管出汗"。那女学堂的老先生,是个聋子,不曾听见他们的谈论,只当多九公怕热,拿出汗巾来替他揩汗,说道:

> 斗室屈尊,致令大贤受热,殊抱不安。但汗为人之津液,也须忍耐少出才好。大约大贤素日喜吃麻黄,所以如此。今出这场痛汗,虽痢疟之症,可以放心,以后如麻黄发汗之物,究以少吃为是。

后来,多九公们好容易逃出了这两个女学生的重围,唐敖说道:

> 小弟约九公上来,原想看他国人生的怎样丑陋。谁知只顾谈文,他们面上好丑我们还未看明,今倒被他们先把我们腹中丑处看去了。

这样恭维黑齿国的两个女子,只是著者要我们注意那个提倡女子教育的乌托邦。

李汝珍又在一个很奇怪的背景里,提出一个很重大的妇女问题:他在两面国的强盗山寨里,提出男女贞操的"两面标准"(Double standard)的问题。两面国的人,"个个戴浩然巾,都把脑后遮住,只露一张正面";那浩然巾的底下却另"藏着一张恶脸,鼠眼鹰鼻,满面横肉"(第二十五回)。他们见了穿绸衫的人,也会"和颜悦色,满面谦恭";见了穿破布衫的人,便"陡然变了样子,脸上的笑容也收了，谦恭也免了"（第二十五回）。这就是一种"两面标准"。然而最惨酷的"两面标准"却在男女贞操问题的里面。男子期望妻子守贞操，而自己却可以纳妾嫖娼；男子多妻是礼法许可的，而妇人多夫却是绝大罪恶；妇人和别的男子有爱情，自己的丈夫若宽恕了他们，社会上便要给他"乌龟"的尊号；然而丈夫纳妾，妻子却"应该"宽恕不妒，妒是妇人的恶德，社会上便要给他"妒妇""母夜叉"等等尊号。这叫做"两面标准的贞操"。在中国古史上，这个问题也曾有人提起，例如谢安的夫人说的"周婆制礼"。和李汝珍同时的大学者俞正燮，也曾指出"妒非妇人恶德"。但三千年的议礼的大家，没有一个人能有李汝珍那样明白爽快的。《镜花缘》第五十一回里，那两面国的强盗想收唐闺臣等作妾，因此触动了他的押寨夫人的大怒。这位夫人把他的丈夫打了四十大板，还数他的罪状道：

　　既如此，为何一心只想讨妾？假如我要讨个男妾，日日把你冷淡，你可欢喜？你们作男子的，在贫贱时，原也讲些伦常之道。一经转到富贵场中，就生出许多炎凉样子，把本来面目都忘了；不独疏亲慢友，种种骄傲，并将糟糠之情也置度外。这真是强盗行为，已该碎尸万段。你还只想置妾，那里有个忠恕之道？我不打你别的：我只打你只知有己不知有人。把你打的骄傲全无，心里冒出一个忠恕来，我才甘心。今日打过，嗣后我也不来管你。总而言之，你不讨妾则已，若要讨妾，必须替我先讨男妾，我才依哩。我这男妾，古人叫作"面首"。面哩，取其貌美；首哩，取其发美。这个故典，并非是我杜撰，自古就有了。

读者应该记得，这一大段训词是对着那两面国的强盗说的。在李汝珍的眼里，凡一切"只知有己，不知有人"的男子，都是强盗，都是两面国的强盗，都应该"碎尸万段"，都应该被他们的夫人"打的骄傲全无，心里冒出一点忠恕来"。——什么叫做"忠恕之道"？推己及人，用一个单纯的贞操标准：男所不欲，勿施于女；所恶于妻，毋以取于夫：这叫做"忠恕之道"！

然而女学与女权，在我们这个"天朝上国"，实在不容易寻出历史制度上的根据。李汝珍不得已，只得从三千年的历史上挑出武则天的十五年（690—705）做他的历史背景。三千年的历史上，女后垂帘听政的确然不少，然而妇人不假借儿子的名义，独立做女皇帝的，却只有吕后与武后两个人。吕后本是一个没有学识的妇人，他的政治也实在不足称道。武则天却不然；他是一个有文学天才并且有政治手腕的妇人，他的十几年的政治，虽然受了许多腐儒的诬谤，究竟要算唐朝的治世。他能提倡文学，他能提倡美术，他能赏识人才，他能使一班文人政客拜倒在他的冕旒之下。李汝珍抓住了这一个正式的女皇帝，大胆的把正史和野史上一切污蔑武则天人格的谣言都扫的干干净净。《镜花缘》里，对于武则天，只有褒词，而无谤语：这是李汝珍的过人卓识。

李汝珍明明是借武则天皇帝来替中国女子出气的。所以他在第四十回，极力描写他对于妇女的德政。他写的那十二条恩旨是：

（1）旌表贤孝的妇女。

（2）旌奖"悌"的妇女。

（3）旌表贞节。

（4）赏赐高寿的妇女。

（5）"太后因大内宫娥，抛离父母，长处深宫，最为凄凉，今命查明，凡入宫五年者，概行释放，听其父母自行择配。嗣后采选释放，均以五年为期。其内外军民人等，凡侍婢年二十以外尚未婚配者，令其父母领回，为之婚配。如无父母亲族，即令其主代为择配。"

（6）推广"养老"之法，"命天下郡县设造养媼院。凡妇人四旬以外，衣食无出，或残病衰颓，贫无所归者，准其报名入院，官为养赡，以终其身。"

（7）"太后因贫家幼女，或因衣食缺乏，贫不能育，或因疾病缠绵，医药无出，非弃之道旁，即送入尼庵，或卖为女优，种种苦况，甚为可怜，今命郡县设造育女堂。凡幼女自襁褓以至十数岁者，无论疾病残废，如贫不能育，准其送堂，派令乳母看养。有愿领回抚养者，亦听其便。其堂内所育各女，候年至二旬，每名酌给妆资，官为婚配。"

（8）"太后因妇人一生衣食莫不倚于其夫，其有夫死而孀居者，既无丈夫衣食可恃，形只影单，饥寒谁恤？今命查勘，凡孀妇苦志守节，家道贫寒者，无论有无子女，按月酌给薪水之资，以养其身。"

（9）"太后因古礼女子二十而嫁，贫寒之家往往二旬以外尚未议婚，甚至父母因无力妆奁，贪图微利，或售为侍妾，或卖为优娼，最为可悯，今命查勘，如女年二十，其家实系贫寒无力，妆奁不能婚配者，酌给妆奁之资，即行婚配。"

（10）"太后因妇人所患各症，如经癸带下各疾，其症尚缓，至胎前产后，以及难产各症，不独刻不容缓，并且两命攸关，故孙真人著《千金方》，特以妇人为首，盖即《易》基乾坤，《诗》首《关雎》之义，其事岂容忽略？无如贫寒之家，一经患此，既无延医之力，又乏买药之资，稍为耽延，遂至不救。妇人由此而死者，不知凡几。亟应广沛殊恩，命天下郡县延访名医，各按地界远近，设立女科。并发御医所进经验各方，配合药料，按症施舍。"

（11）略

（12）略

这十二条之中，如（5）（7）（10）都是很重要的建议。第十条特别注重女科的医药，尤其是向来所未有的特识。

但李汝珍又要叫武则天创办男女平等的选举制度。注意，我说的是选举制度，不单是一个两个女扮男装的女才子混入举子队里考取一名科第。李汝珍的特识在于要求一种制度，使女子可以同男子一样用文学考取科第。中国历史上并不是没有上官婉儿和李易安，只是缺乏一种正式的女子教育制度；并不是没有木兰和秦良玉，吕雉和武则天，只是缺乏一种正式的女子参政制度。一种女子选举制度，一方面可提倡女子教育，一方面可引导女子参政。所以李汝珍在黑齿国说的也是一种制度，在武则天治下说的也只是一种制度。这真是大胆而超卓的见解。

他拟的女子选举制度，也有十二条，节抄于下：

（1）考试先由州县考取，造册送郡；郡考中式，始与部试；部试中式，始与殿试……

（2）县考取中，赐文学秀女匾额，准其郡考。郡考取中，赐文学淑女匾额，准其部试。部试取中，赐文学才女匾额，准其殿试。殿试名列一等，赏女学士之职，二等赏女博士之职，三等赏女儒士之职，俱赴红文宴，准其年支俸禄。其有情愿内廷供奉者，俟试俸一年，量材擢用……

（3）殿试一等者，其父母翁姑及本夫如有官职在五品以上，各加品服一级。在五品以下，俱加四品服色。如无官职，赐五品服色荣身。二等者赐六品服色，三等者赐七品服色。余照一等之例，各为区别，女悉如之。

（5）试题，自郡县以至殿试，俱照士子之例，试以诗赋，以归体制（因为唐朝试用诗赋）。

（6）凡郡考取中，女及夫家，均免徭役。其赴部试者，俱按程途远近，赐以路费。

但最重要的宣言，还在那十二条规例前面的谕旨：

大周金轮皇帝制曰：朕惟天地英华，原不择人而畀；帝王辅翼，何妨破格而求？丈夫而擅词章，固重圭璋之品；女子而娴文艺，亦增蘋藻之光。我国家储才为重，历圣相符；朕受命维新，求贤若渴。辟门吁俊，桃李已属春官；《内则》遴才，科第尚遗闺秀。郎君既膺鹗荐，女史未遂鹏飞。奚见选举之公，难语人才之盛。昔《帝典》将坠，伏生之女传经；《汉书》未成，世叔之妻续史。讲艺则纱帏绛帐，博雅称名；吟诗则柳絮椒花，清新独步。群推翘秀，古今历重名媛；慎选贤能，闺阁宜彰旷典。况今日灵秀不钟于男子，贞吉久属于坤元。阴教咸仰敷文，才藻益征竞美。是用博咨群议，创立新科。于圣历三年，命礼部诸臣特开女试。……从此珊瑚在网，文博士本出宫中；玉尺量才，女相如岂遗苑外？丕焕新猷，聿昭盛事。布告中外，咸使闻知！

前面说"天地英华，原不择人而畀"，后面又说"况今日灵秀不钟于男子"（此是用陆象山的门人的话），这是很明显的指出男女在天赋的本能上原没有什么不平等。所以又说："郎君既膺鹗荐，女史未遂鹏飞，奚见选举之公，难语人才之盛"。这种制度便是李汝珍对于妇女问题的总解决。

有人说，"这话未免太恭维李汝珍了。李汝珍主张开女科，也许是中了几千年科举的遗毒，也许仍是才子状元的鄙陋见解。不过把举人进士的名称改作淑女才女罢了。用科举虚荣心来鼓励女子，算不得解决妇女问题"。

这话固也有几分道理。但平心静气的读者，如果细读了黑齿国的两回，便可以知道李汝珍要提倡的并不单是科第，乃是学问。李汝珍也深知科举教育的流毒，所以他写淑士国（第二十三、四回）极端崇拜科举，——"凡庶民素未考试的，谓之游民"——而结果弄的酸气遍于国中，酒保也带着儒巾，戴着眼镜，嘴里哼着之乎者也！然而他也承认科举的教育究竟比全无教育好的多多，所以他说淑士国的人：

> 自幼莫不读书。虽不能身穿蓝衫，名列胶庠，只要博得一领青衫，戴个儒巾，得列名教之中，不在游民之内。从此读书上进固妙，如或不能，或农或工，亦可各安事业了。

人人"自幼莫不读书"，即是普及教育！他的最低限度的效能是：

> 读书者甚多，书能变化气质；遵着圣贤之教，那为非作歹的，究竟少了。

况且在李汝珍的眼里，科举不必限于诗赋，更不必限于八股。他在淑士国里曾指出：

> 试考之例，各有不同。或以通经，或以明史，或以词赋，或以诗文，或以策论，或以书启，或以乐律，或以音韵，或以刑法，或以历算，或以书画，或以医卜，要精通其一，皆可取得一顶头巾，一领青衫。若要上进，却非能文不可。至于蓝衫，亦非能文不可得。

这岂是热中陋儒的见解！

况且我在上文曾指出，女子选举的制度，一方面可以提倡女子教育，一方面可以引导女子参政。关于女子教育一层，有黑齿国作例，不消说了。关于参政一层，李汝珍在一百年前究竟还不敢作彻底的主张，所以武则天皇帝的女科规例里，关于及第的才女的出身，偏重虚荣与封赠，而不明言政权，至多只说"其有情愿内廷供奉者，俟试俸一年，量才擢用"。内廷供奉究竟还只是文学侍从之官，不能算是彻底的女子参政。

然而我们也不能说李汝珍没有女子参政的意思在他的心里。何以见得呢？我们看他于一百个才女之中，特别提出阴若花、黎红红、卢亭亭、枝兰音四个女子；他在后半部里尤其处处优待阴若花，让他回女儿国做国王，其余三人都做他的大臣。最可注意的是他们临行时亭亭的演说：

> 亭亭正色道："……愚姊志岂在此？我之所以欢喜者，有个缘故。我同他们三位，或居天朝，或回本国，无非庸庸碌碌虚度一生。今日忽奉太后敕旨，伴送若花姊姊回国，正是千载难逢际遇。将来若花姊姊做了国王，我们同心协力，各矢忠诚，或定礼制乐，或兴利剔弊，或除暴安良，或举贤去佞，或敬慎刑名，或留心案牍，扶佐他做一国贤君，自己也落个女名臣的美号。日后史册流芳，岂非千秋佳话！……"

这是不是女子参政？

三千年的历史上，没有一个人曾大胆的提出妇女问题的各个方面来作公平的讨论。直到十九世纪的初年，才出了这个多才多艺的李汝珍，费了十几年的精力来提出这个极重大的问题。他把这个问题的各方面都大胆的提出，虚心的讨论，审慎的建议。他的女儿国一大段，将来一定要成为世界女权史上的一篇永永不朽的大文；他对于女子贞操，女子教育，女子选举等等问题的见解，将来一定要在中国女权史上占一个很光荣的位置：这是我对于《镜花缘》的预言。也许我和今日的读者还可以看见这一日的实现。

十二年二月至五月　陆续草完

（收入李汝珍著，汪原放标点：《镜花缘》，1923 年亚东图书馆初版）

祝贺女青年会

我常问自己：我们中国为什么糟到这步田地呢？

对于这个问题，自然各人有各人的聪明答案；但我的答案是：中国所以糟到这步田地，都是因为我们的老祖宗太对不住了我们的妇女。

我今年到内地旅行，看见内地的小脚妇女走路不像人，脸上没有人色，我忍不住对我的同伴说："我们这个民族真是罪孽深重！祖宗作的孽，子孙总得受报应。我们不知还要糟到什么田地呢！"

"把女人当牛马"，这句话还不够形容我们中国人待女人的残忍与惨酷。我们把女人当牛马，套了牛轭，上了鞍辔，还不放心，还要砍去一只牛蹄，剁去两只马脚，然后赶他们去做苦工！

全世界的人类里，寻不出第二国有这样的野蛮制度！

圣贤经传，全没有拯救的功用。一千年的理学大儒，天天谈仁说义，却不曾看见他们的母妻姊妹受的惨无人道的痛苦。

忽然从西洋来了一些传教士。他们传教之外，还带来了一点新风俗，几个新观点。他们给了我们不少的教训，其中最大的一点是教我们把女人也当人看待。

新近去世的李立德夫人（Mrs. Archibald Little）便是中国妇女

解放的一个恩人，他是天足会的创始人。

这几十年中的妇女解放运动，可以说全是西洋文明的影响。基督教女青年会便是一个最好的例。今年是女青年会成立二十年的纪念，我很诚恳地庆贺他们二十年来的种种成绩，并且祝他们继续做中国妇女解放运动的一个先锋。

女青年会是一个基督教的团体，同时又是一个社会服务的团体。我们生在这个时代，大概都能明白宗教的最高表现是给人群尽力。社会服务便是宗教。中国的古人说："未能事人，焉能事鬼？"西洋的新风气也主张"服事人就是服事神"。谋个人灵魂的超度，希冀天堂的快乐，那都是自私自利的宗教。尽力于社会，谋人群的幸福，那才是真宗教。

"天国在人死后"，这是最早的宗教观念。

"天国在你心里"，这是一大革命。

"天国不在天上也不在人心里，是在人间世"，这是今日的新宗教趋势。大家努力，要使天国在人世实现，这便是宗教。

我们盼望女青年会继续二十年光荣的遗风，用他们的宗教精神，不断地努力谋中国妇女的解放，谋中国家庭生活的改善。有一分努力，便有一分效果；减得一分苦痛，添得一分幸福，便是和天国接近一步。

十七、六、廿四

卷三

论女杰

美国的妇人

——在北京女子师范学校讲演

去年冬季，我的朋友陶孟和先生请我吃晚饭。席上的远客，是一位美国女子，代表几家报馆，去到俄国做特别调查员的。同席的是一对英国夫妇，和两对中国夫妇，我在这个"中西男女合璧"的席上，心中发生一个比较的观察。那两位中国妇人和那位英国妇人，比了那位美国女士，学问上，智识上，不见得有什么大区别。但我总觉得那位美国女子和他们绝不相同。我便问我自己道，他和他们不相同之处在那一点呢？依我看来，这个不同之点，在于他们的"人生观"有根本的差别。那三位夫人的"人生观"是一种"良妻贤母"的人生观。这位美国女子的，是一种"超于良妻贤母"的人生观。我在席上，估量这位女子，大概不过三十岁上下，却带着一种苍老的状态，倔强的精神。他的一言一动，似乎都表示这种"超于良妻贤母的人生观"；似乎都会说道："做一个良妻贤母，何尝不好？但我是堂堂的一个人，有许多该尽的责任，有许多可做的事业。何必定须做人家的良妻贤母，才算尽我的天职，才算做我的事业呢？"

这就是"超于良妻贤母"的人生观。我看这一个女子单身走几万里的路，不怕辛苦，不怕危险，要想到大乱的俄国去调查俄国革命后内乱的实在情形：——这种精神，便是那"超于良妻贤母"的人生观的一种表示；便是美国妇女精神的一种代表。

这种"超于良妻贤母的人生观"，换言之，便是"自立"的观念。我并不说美国的妇人个个都不屑做良妻贤母；也并不说他们个个都想去俄国调查革命情形。我但说，依我所观察，美国的妇女，无论在何等境遇，无论做何等事业，无论已嫁未嫁，大概都存一个"自立"的心。别国的妇女大概以"良妻贤母"为目的，美国的妇女大概以"自立"为目的。"自立"的意义，只是要发展个人的才性，可以不倚赖别人，自己能独立生活，自己能替社会作事。中国古代传下来的心理，以为"妇人主中馈"；"男子治外，女子主内"；妇人称丈夫为"外子"，丈夫称妻子为"内助"。这种区别，是现代美国妇女所绝对不承认的。他们以为男女同是"人类"，都该努力做一个自由独立的"人"，没有什么内外的区别的。我的母校康南耳大学，几年前新添森林学一科，便有一个女子要求学习此科。这一科是要有实地测量的，所以到了暑假期内，有六星期的野外测量，白天上山测量，晚间睡在帐篷里，是很苦的事。这位女子也跟着去做，毫不退缩，后来居然毕业了。这是一个例。列位去年看报定知有一位美国史天孙女士在中国试演飞行机。去年在美国有一个男子飞行家，名叫 Carlstrom，从 Chicago 飞起。飞了四百五十二英里（约一千五百里），不曾中止，当时称为第一个远道飞行家。不到十几天，有一个女子，名叫 Ruth Law，偏不服气，便驾了他自己的飞行机，一气飞了六百六十八英里，便胜过那个男飞行家的成绩了。这又是一个例。我举这两个例，以表美国妇女不认男外女内的区别。男女同有在社会上谋自由独立的生活的天职。这便是美国妇女的一种特别精神。

这种精神的养成，全靠教育。美国的公立小学全是"男女共同教育"。每年约有八百万男孩子和八百万女孩子受这种共同教育，所发生的效果，有许多好处。女子因为常同男子在一起做事，自然脱去许多柔弱的习惯。男子因为常与女子在一堂，自然也脱去许多野蛮无礼的行为（如秽口骂人之类）。最大的好处，在于养成青年男女自治的能力。中国的习惯，男女隔绝太甚了，所以偶然男女相见，没有鉴别的眼光，没有自治的能力，最容易陷入烦恼的境地，最容易发生不道德的行为。美国的少年男女，从小受同等的教育（有几种学科稍不同），同在一个课堂读书，同在一个操场打球，有时同来同去，所以男女之间，只觉得都是同学，都是朋友，都是"人"：所以渐渐的把男女的界限都消灭了，把男女的形迹也都忘记了。这种"忘形"的男女交际，是增进青年男女自治能力的惟一方法。

以上所说是小学教育。美国的高级教育，起初只限于男子。到了十九世纪中叶以后，女子的高级教育才渐渐发达。女子高级教育可分两种：一是女子大学，一是男女共同的大学。单收女子的高级学校如今也还不少。最著名的，如：

（一）Vassar College 在 Poughkeepsie, N. Y. 有一千二百人。

（二）Wellesley College 在 Wellesley, Mass. 有一千五百人。

（三）Bryn Mawr College 在 Bryn Mawr, Pa. 有五百人。

（四）Smith College 在 Northampton, Mass. 有二千人。

（五）Badcliffe College 在 Cambridge, Mass. 有七百人。

（六）Barnard College 在纽约，有八百人。

这种专收女子的大学，起初多用女子教授，现今也有许多男教授了。这种女子大学，往往有极幽雅的校址，极美丽的校舍，极完全的设备。去年有一位中国女学生，陈衡哲女士，做了一篇小说，名叫《一日》，写 Vassar College 的生活，极有趣味。这篇小说登在去年的《留美学生季报》第二号。诸位若要知道美国女子大学的内部生活，不可不读他。

第二种便是男女共同的大学。美国各邦的"邦立大学"，都是男女同校的。那些有名的私立大学，如 Cornell，Chicago，Leland Stanford，也都是男女同校。有几个守旧的大学，如 Yale，Columbia，Johns Hopkins，本科不收女子，却许女子进他们的大学院（即毕业院）。这种男女共校的大学生活，有许多好处。第一，这种大学的学科比那些女子大学，种类自然更丰富了，因此可以扩张女子高级教育的范围。第二，可使成年的男女，有正当的交际，共同的生活，养成自治的能力和待人处世的经验。第三，男学生有了相当的女朋友，可以增进个人的道德，可以减少许多不名誉的行为。第四，在男女同班的学科，平均看来，女子的成绩总在男子之上：——这种比较的观察，一方面可以消除男子轻视女子的心理；一方面可以增长女子自重的观念，更可以消灭女子仰望男子和依顺男子的心理。

据 1915 年的调查，美国的女子高级教育，约如下表：

大学本科	男	141836 人	女	79763 人
大学院	男	10571 人	女	5098 人
专门职业科（如路矿牙医）	男	38128 人	女	1775 人

初看这表，似乎男女还不能平等。我们要知道女子高级教育是最近七八十年才发生的，七八十年内做到如此地步，可算得非常神速了。中美和西美有许多大学中，女子人数或和男子相等（如Wisconsin），或竟比男子还多（如Northwestern），可见将来未必不能做到高等男女教育完全平等的地位。

美国的妇女教育既然如此发达，妇女的职业自然也发达了。"职业"二字，在这里单指得酬报的工作。母亲替儿子缝补衣裳，妻子替丈夫备饭，都不算"职业"。美国妇女的职业，可用下表表示：

1900 年统计	男	23 754 000 人	居全数百分之十八
	女	5 319 000 人	
1910 年统计	男	30 091 564 人	居全数百分之二十一
	女	8 075 772 人	

这些职业之中，那些下等的职业，如下女之类，大概都是黑人或新入境的欧洲侨民。土生的妇女所做的职业，大抵皆系稍上等的。教育一业，妇女最多。今举 1915 年的报告如下：

小学校	男教员	114 851 人	女教员	465 207 人
中学私立	男教员	5 776 人	女教员	8 250 人
中学公立	男教员	26 950 人	女教员	35 569 人
师范私立	男教员	167 人	女教员	249 人
师范公立	男教员	1 573 人	女教员	2 916 人
大学及专门学校	男教员	26 636 人	女教员	5 931 人

照上表看来，美国全国四分之三的教员都是妇女！即此一端，

便可见美国妇女在社会上的势力了。

据 1910 年的统计，美国共有四千四百万妇女。这八百万有职业的妇人，还不到全数的五分之一。那些其余的妇女，虽然不出去做独立的生活，却并不是坐吃分利的，也并不是没有左右社会的势力的。我在美国住了七年，觉得美国没有一桩大事发生，中间没有妇女的势力的；没有一种有价值的运动，中间没有无数热心妇女出钱出力维持进行的。最大的运动，如"禁酒运动"，"妇女选举权运动"，"反对幼童作苦工运动"，……几乎全靠妇女的功劳，才有今日那么发达。此外如宗教的事业，慈善的事业，文学的事业，美术音乐的事业，……最热心提倡赞助的人都是妇女占最大多数。

美国妇女的政治活动，并不限于女子选举一个问题。有许多妇女极反对妇女选举权的，却极热心去帮助"禁酒"及"反对幼童苦工"种种运动。1912 年大选举时，共和党分裂，罗斯福自组一个进步党。那时有许多妇女，都极力帮助这新政党鼓吹运动，所以进步党成立的第一年，就能把那成立六十年的共和党打得一败涂地。前年（1916）大选举时，从前帮助罗斯福的那些妇女之中，如 Jane Addams 之流，因为怨恨罗斯福破坏进步党，故又都转过来帮助威而逊。威而逊这一次的大胜，虽有许多原因，但他得妇女的势力也就不少。最可怪的是这一次选举时，威而逊对于女子选举权的主张，很使美国妇女失望。然而那些明达的妇女却不因此便起反对威而逊的心。这便可见他们政治知识的程度了。

美国妇女所做最重要的公众活动，大概属于社会改良的一方面居多。现在美国实行社会改良的事业，最重要的要算"贫民区域居留地"（Social Settlements）。这种运动的大旨，要在下等社会的区域内，设立模范的居宅，兴办演说，游戏，音乐，补习课程，医药，看护等事，要使那些下等贫民有些榜样的生活，有用的知识，正当的娱乐。这些"居留地"的运动起于英国，现在美国的各地都有这种"居留地"。提倡和办理的人，大概都是大学毕业的男女学生。其中妇女更多，更热心。美国有两处这样的"居留地"，是天下闻名的。一处在 Chicago，名叫 Hull House，创办的人就是上文所说的 Jane Addams。这位女士办这"居留地"，办了三十多年，也不知道造就了几多贫民子女，救济了几多下等贫家。前几年有一个《独立周报》，发起一种选举，请读那报的人投票公举美国十大伟人。选出的十大伟人之中，有一个便是这位 Jane Addams 女士。这也可想见那位女士的声价了。还有那一处"居留地"，在纽约省，名叫 Henry Street Settlement，是一位 Lilian Wald 女士办的。这所"居留地"初起的宗旨，在于派出许多看护妇，亲到那些极贫苦的下等人家，做那些不要钱的看病，施药，接生等事。后来范围渐渐扩充，如今这"居留地"里面，有学堂，有会场，有小戏园，有游戏场。那条亨利街本是极下等的贫民区域，自从有了这所"居留地"，真像地狱里有了一座天堂了。以上所说两所"居留地"，不过是两个最著名的榜样，略可表见美国妇女所做改良社会的实行事业。我在美国常看见有许多富家的女子，抛弃了种种贵妇人的快活生涯，到那些"居留地"去居住。那种精神，不由人不赞叹崇拜。

以上所说各种活动中的美国妇女，固然也有许多是沽名钓誉的人，但是其中大多数妇女的目的只是上文所说"自立"两个字。他们的意思，似乎可分三层。第一，他们以为难道妇女便不配做这种有用的事业吗？第二，他们以为正因他们是妇女，所以最该做这种需要细心耐性的事业。第三，他们以为做这种实心实力的好事，是抬高女子地位声望的唯一妙法：即如上文所举那位 Jane Addams，做了三十年的社会事业，便被国人公认为十大伟人之一；这种荣誉岂是沈佩贞一流人那种举动所能得到的吗？所以我们可说美国妇女的社会事业不但可以表示个人的"自立"精神，并且可以表示美国女界扩张女权的实行方法。

以上所说，不过略举几项美国妇女家庭以外的活动。如今且说他们家庭以内的生活。

美国男女结婚，都由男女自己择配。但在一定年限以下，若无父母的允许，婚约即无法律的效力。今将美国四十八邦法律所规定不须父母允许之结婚年限如下：

男子可自由结婚年限		女子可自由结婚年限	
三十九邦规定	二十一岁	三十四邦规定	十八岁
五邦规定	十八岁	八邦规定	二十一岁
一邦规定	十四岁	二邦规定	十六岁
三邦无法定的年限		一邦规定	十二岁
		三邦无法定的年限	

自由结婚第一重要的条件，在于男女都须要有点处世的阅历，选择的眼光，方才可以不至受人欺骗，或受感情的欺骗，以致陷入痛苦的境遇，种下终身的悔恨。所以须要有法律规定的年限，以保

护少年的男女。

据 1910 年的统计，有下列的现象（此表单指白种人而言）：

已婚的男子有 16 196 452 人	已婚的女子有 15 791 087 人
未婚的男子有 11 291 985 人	未婚的女子有 8 070 918 人
离婚的男子有 138 832 人	离婚的女子有 151 116 人

这表中，有两件事须要说明。第一是不婚不嫁的男女何以这样多？第二是离婚的夫妻何以这样多？（美国女子本多于男子，故上表前两项皆女子多于男子）

第一，不婚不嫁的原因约有几种：

（一）生计一方面，美国男子非到了可以养家的地位，决不肯娶妻。但是个人谋生还不难；要筹一家的衣食，要预备儿女的教育，便不容易了。因此有家室的便少了。

（二）知识一方面，女子的程度高了，往往瞧不起平常的男子；若要寻恰好相当的智识上的伴侣，却又"可遇而不可求"。所以有许多女子往往宁可终身不嫁，不情愿嫁平常的丈夫。

（三）从男子一方面设想，他觉得那些知识程度太高的女子，只配在大学里当教授，未必很配在家庭里做夫人；所以有许多人决意不敢娶那些"博士派"（"Ph.D.Type"）的女子做妻子。这虽是男子的谬见，却也是女子不嫁一种小原因。

（四）美国不嫁的女子，在社会上，在家庭中，并没有什么不便，也不致损失什么权利。他一样的享受财产权，一样的在社会上往来，一样的替社会尽力。他既不怕人家笑他白头"老处女"（Old maidens），也不用虑着死后无人祭祀！

（五）美国的女子，平均看来，大概不大喜欢做当家生活。他并不是不会做：我所见许多已嫁的女子，都是很会当家的。有一位心理学大家 Hugo Muensterberg 说得好："受过大学教育的美国女子，管理家务何尝不周到，但他总觉得宁可到病院里去看护病人！"

（六）最重要的原因，还是我上文所说那种"自立"的精神，那种"超于良妻贤母"的人生观。有许多女子，早已选定一种终身的事业，或是著作，或是"贫民区域居留地"，或是学音乐，或是学画，都可用全副精神全副才力去做。若要嫁了丈夫，便不能继续去做了；若要生下儿女，更没有作这种"终身事业"的希望了。所以这些女子，宁可做白头的老处女，不情愿抛弃他们的"终身事业"。

以上六种都是不婚不嫁的原因。

第二，离婚的原因。我们常听见人说美国离婚的案怎样多，便推想到美国的风俗怎样不好。其实错了。第一，美国的离婚人数，约当男人全数千分之三，女子全数千分之四。这并不算过多。第二，须知离婚有几等几样的离婚，不可一笔抹煞。如中国近年的新进官僚，休了无过犯的妻子，好去娶国务总理的女儿：这种离婚，是该骂的。又如近来的留学生，吸了一点文明空气，回国后第一件事便是离婚，却不想想自己的文明空气是机会送来的，是多少金钱买来的；他的妻子要是有了这种好机会，也会吸点文明空气，不致于受他的奚落了！这种不近人情的离婚，也是该骂的。美国的离婚，虽然也有些该骂的，但大多数都有可以原谅的理由。因为美国的结婚，总算是自由结婚；而自由结婚的根本观念就是要夫妇相敬相爱，先有精神上的契合，然后可以有形体上的结婚。不料结婚之后，方才发现从前的错误，方才知道他两人决不能有精神上的爱情。既不能有精神上的爱情，若还依旧同居，不但违背自由结婚的原理，并且必至于堕落各人的人格，决没有良好的结果，更没有家庭幸福可说了。所以离婚案之多，未必全由于风俗的败坏，也未必不由于个人人格的尊贵。我们观风问俗的人，不可把我们的眼光，胡乱批评别国礼俗。

我所闻所见的美国女子之中，很有许多不嫁的女子。那些鼎鼎大名的 Jane Addams，Lilian Wald 一流人，自不用说了。有的终身做老处女，在家享受安闲自由的清福。有的终身做教育事业，觉得个个男女小学生都是他的儿女一般，比那小小的家庭好得多了。

如今单举一个女朋友作例。这位女士是一个有名的大学教授的女儿，学问很好，到了二十几岁上，忽然把头发都剪短了，把从前许多的华丽衣裙都不要了。从此以后，他只穿极朴素的衣裳，披着一头短发，离了家乡，去到纽约专学美术。他的母亲是很守旧的，劝了他几年，终劝不回头。他抛弃了世家的家庭清福，专心研究一种新画法；又不肯多用家中的钱，所以每日自己备餐，自己扫地。他那种新画法，研究了多少年，起初很少人赏识，前年他的新画在一处展览，居然有人出重价买去。将来他那种画法，或者竟能自成一家也未可知。但是无论如何，他这种人格，真可算得"自立"两个字的具体的榜样了。

这是说不嫁的女子。如今且说几种已嫁的妇女的家庭。

第一种是同具高等学问，相敬相爱，极圆满的家庭。如大哲学家 John Deway 的夫人，帮助他丈夫办一个"实验学校"，把他丈夫的教育学说实地试验了十年，后来他们的大女儿也研究教育学，替他父亲去考察各地的新教育运动。又如生物学家 Comstock 的夫人，也是生物学名家，夫妇同在大学教授，各人著的书都极有价值。又如经济学家 Alvin Johnson 的夫人，是一个哲学家，专门研究 Aristotle 的学说很有成绩。这种学问平等的夫妇，圆满的家庭，便在美国也就不可多得了。

第二种是平常中等人家，夫妻同艰苦，同安乐的家庭。我在 Ithaca 时，有一天晚上在一位大学教授家吃晚饭。我先向主人主妇说明，我因有一处演说，所以饭后怕不能多坐。主人问我演什么题目，我说是"中国的婚姻制度"。主人说，"今晚没有他客，你何不就在这里先试演一次？"我便取出演说稿，挑出几段，读给他们听。内中有一节讲中国夫妻，结婚之前，虽然没有爱情，但是成了夫妇之后，有了共同的生活，有福同享，有难同当，这种同艰苦的生活也未尝不可发生一种浓厚的爱情。我说到这里，看见主人抬起头来望着主妇，两人似乎都很为感动。后来他们告诉我说，他们都是苦学生出身，结婚以来虽无子女，却同受了许多艰苦。近来境况稍宽裕了，正在建筑一所精致的小屋，他丈夫是建筑工程科教授，自己打图样，他夫人天天去监督工程。这种共同生活，可使夫妇爱情格外浓厚，家庭幸福格外圆满。

又一次，我在一个人家过年。这家夫妇两人，也没有儿女，却极相敬爱，同尝艰苦。那丈夫是一位化学技师，因他夫人自己洗衣服，便想出心思替他造了一个洗衣机器。他夫人指着对我说，"这便是我的丈夫今年送我的圣诞节礼了"。这位夫人身体很高，在厨房做事，不很方便，因此他丈夫便自己动手把厨房里的桌脚添高了一尺。这种琐屑小事，可以想见那种同安乐，同艰苦的家庭生活了。

第三种是夫妇各有特别性质，各有特别生活，却又都能相安相得的家庭。我且举一个例。有一个朋友，在纽约一家洋海转运公司内做经理，天天上公司去办事。他的夫人是一个"社交妇人"（Society Woman），善于应酬，懂得几国的文学，又研究美术音乐。每月他开一两次茶会，到的人，有文学家，也有画师，也有音乐家，也有新闻记者，也有很奢华的"社交妇人"，也有衣饰古怪，披着头发的"新妇女"（The New Women）。这位主妇四面招呼，面面都到。来的人从不得见男主人，男主人也从来不与闻这种集会。但他们夫妇却极相投相爱，决不因此生何等间隔。这是一种"和而不同"的家庭。

第四种是"新妇女"的家庭。"新妇女"是一个新名词，所指的是一种新派的妇女，言论非常激烈，行为往往趋于极端，不信宗教，不依礼法，却又思想极高，道德极高。内中固然也有许多假装的"新妇女"，口不应心，所行与所说大相反悖的。但内中实在有些极有思想，极有道德的妇女。我在 Ithaca 时，有一位男同学，学的是城市风景工程，却极喜欢研究文学，做得极好的诗文。后来我到纽约不上一个月，忽然收到一个女子来信，自言是我这位同学的妻子，因为平日听他丈夫说起我，故很想见我。我自然去见他，谈起来，才知道他是一个"新妇人"，学问思想，都极高尚。他丈夫那时还在 Cornell 大学的大学院研究高等学问。这位女子在 Columbia 大学做一个打字的书记，自己谋生，每星期五六夜去学高等音乐。他们夫妇隔开二百多英里，每月会见一次，他丈夫继续学他的风景工程，他夫人继续学他的音乐。他们每日写一封信，虽不相见，却真和朝夕相见一样。这种家庭，几乎没有"家庭"可说；但我和他们做了几年的朋友，觉得他们那种生活，最足代表我所说的"自立"的精神。他们虽结了婚，成了夫妇，却依旧做他们的"自立"生活。这种人在美国虽属少数，但很可表示美国妇女最近的一种趋向了。

结论

以上所说"美国的妇女"，不过随我个人见闻所及，略举几端，既没有"逻辑"的次序，又不能详尽。听者读者，心中必定以为我讲"美国的妇女"，单举他们的好处，不提起他们的弱点，未免太偏了。这种批评，我极承认。但我平日的主张，以为我们观风问俗的人，第一个大目的，在于懂得人家的好处。我们所该学的，也只是人家的长处。我们今日还不配批评人家的短处。不如单注意观察人家的长处在什么地方。那些外国传教的人，回到他们本国去捐钱，到处演说我们中国怎样的野蛮不开化。他们钱虽捐到了，却养成一种贱视中国人的心理。这是我所最痛恨的。我因为痛恨这种单摘人家短处的教士，所以我在美国演说中国文化，也只提出我们的长处；如今我在中国演说美国文化，也只注重他们的特别长处。

如今所讲美国妇女特别精神，只在他们的自立心，只在他们那种"超于良妻贤母人生观"。这种观念是我们中国妇女所最缺乏的观念。我们中国的姊妹们若能把这种"自立"的精神来补助我们的"倚赖"性质，若能把那种"超于良妻贤母人生观"来补助我们的"良妻贤母"观念，定可使中国女界有一点"新鲜空气"，定可使中国产出一些真能"自立"的女子。这种"自立"的精神，带有一种传染性质。女子"自立"的精神，格外带有传染的性质。将来这种"自立"的风气，像那传染鼠疫的微生物一般，越传越远，渐渐的造成无数"自立"的男女，人人都觉得自己是堂堂的一个"人"，有该尽的义务，有可做的事业。有了这些"自立"的男女，自然产生良善的社会。良善的社会决不是如今这些互相倚赖，不能"自立"的男女所能造成的。所以我所说那种"自立"精神，初看去，似乎完全是极端的个人主义，其实是善良社会绝不可少的条件。这就是我提出这个问题的微意了。

民国七年九月

（原载 1918 年 9 月 15 日《新青年》第 5 卷第 3 号）

世界第一女杰贞德传

（一）开篇

列位，你可晓得中国有一位女豪杰么？那女豪杰姓魏名木兰，上无长兄而有老父，下有幼弟，后来外国兵打来了，国家下令，发男子当兵，木兰父亲的名字，也在兵籍之上，该去打仗了。木兰想起自己的父亲，年纪老了，一来呢，做女儿的怎么忍使这么老的父亲去受刀兵之苦。二来呢，年老的人，即使去打仗，国家也未见得能够得他多少力。所以木兰便改做男子装束，代他父亲去打仗，打了十二年的血战，立了大功，回得朝来，天子要封他官爵，木兰一些也不要，骑了快马，星夜回家，见了父亲，依旧改了女妆做起女儿来了。列位，这个女子，不是一个大大的女英雄么？这不是一个大大的女豪杰么？

唉！那里晓得法兰西国，曾出有一个女子，他处的时势比木兰艰难百倍，立的功业比木兰高百倍，这是谁呢？这便是我今天所要说的世界第一女杰贞德了。列位请听我一一道来。

（二）百年大战

列位要晓得在欧洲历史上，有一件极大的战事，叫做百年之战。

这件战事，起于西历一千三百二十八年，一直打到一千四百五十三年才得了结。足足打了一百多年的恶仗，所以叫做"百年之战"。这战事不关别国，便是那英国和法国两国的事情。因为法国国王查理斯第四死了，没有儿子，也没有侄子，他的皇统便绝了。法国的官民，便另立了一个国王叫做腓力第六。这个消息传到英国，那时英国的国王爱德华第三，他的母亲便是腓力第四的女儿，腓力第四便是查理斯第四的父亲，所以这爱德华第三便是腓力第四的外孙查理斯的甥儿了。如今查理斯死了，按规矩说来，爱德华第三却有应该嗣立的资格，如今听说法国人立了腓力第六做国王，如何肯干休呢？于是英国便起了大兵，向法国杀来，兴师问罪，要法人把腓力废了，迎立爱德华为国王。那时法国的人，如何肯听，便也起兵对敌，腓力第六亲自带兵，走到一块地方叫做克内修的，遇着英国的兵了，两国开战，法国杀得大败，全军都覆没了，腓力自己赤了脚勉强走脱，手下只剩得五个人了。这一仗，英国大胜，不上几年腓力死了，他儿子约翰嗣位，约翰却是一个很英武的国王，亲自领了六万雄兵，和英国打仗，不料那时英国是黑太子领兵，那黑太子极其厉害，又把法国约翰的兵杀得大败，把约翰捉去，后来约翰竟死在英国。那时英法两国，暂时议和，法国割了一大省的地方给英国，又赔三百万克郎的赔款，从此以后英国的兵便常常驻扎在法国境内，好像俄罗斯的兵驻扎在我们中国东三省一般，把法国全国扰乱得鸡犬不安。后来又在阿琴高持地方，打了一场恶仗，法国的兵，又是大败，死了八千人，又被英人占去了许多地方。那时法国已经换了好几个国王了，一直到查理斯第七登位的时候，法国的土地已有大半入了英人之手了，加之那查理斯第七，又是一个极昏弱的东西。

唉！看官，这时候便是法国极危险的时候，这便是世界第一女杰贞德姑娘救国立功的时候了。

（三）贞德本传

我今天所要说的这位贞德女杰，生于法国东方一个小小村落之中，那村落叫做陶兰美村，他家世代务农为业。这位贞德女杰，生小的时候，倒也与平常的人没甚差异，一样的活泼和善，待父母很亲爱，待人很和气忠厚，都与平常的女子一般，只是一件，这位贞德女杰有一种天生的爱国心，是别人所难学到的。他那时眼见那英人在法国种种暴虐残忍的行为，又见那自己法国同胞，种种受人虐待，种种包羞忍耻的苦况，这位贞德女杰心中苦恼得了不得，一天到晚，总是愁眉不展的。列位要晓得，贞德女杰的心中，一不是怀春，二不是悲秋，都只为那法兰西国锦绣江山将落于他人之手，都只为那高卢民族将为人脚下的牛马奴隶，因此上，这位贞德女杰便饮食不进，眠睡不安，时时刻刻，只想如何能够救祖国救同胞。列位须要记清，这时候贞德才得十三岁呢！唉！可敬极了。

中国古语说："日有所思夜有所梦"，这位贞德女杰，天天想救国，所以晚上便时时做救国的梦。有一天，正在田间牧羊，忽然昏昏沉沉的睡去，只听见，好像有什么人告诉他说："贞德，你还不去救国么？你去一定可以救得法国，可以使法国国王在雷姆地方行加冕的礼，贞德，你还不去救国么？"贞德听了这话，一觉醒来，原来是做了一梦，心想这梦做得很奇怪，又想我们法国现在是危险极了，我虽是一介小女子，也是国民中的一分子，难道竟坐视法国的灭亡不成。"天下无难事，只怕有心人"，难道我贞德便做不成救国的大功么？又想世界上的人，都是迷信上帝的，什么东西都不怕，只怕一个上帝，我何不借上帝的名字来号召国民呢？贞德想到这里，主意打定，便羊也不牧了，走到各处，演说，说："今天看见上帝差了一个天使，对我说上帝已经选我做一个救法国的人。我想我一个女子，如何能做这大事。那天使说不妨事的，上帝可以竭力帮助我。我又想法国如今弄到这步田地，我们做国民的，极应该拼命去救国才合道理，何况如今上帝已经选中了我，我更是义不容辞了。所以我今天很巴望你列位国民大家帮我一些忙，大家跟我去打仗，大家跟我去救国。唉！我们法国是危险极了，是要亡了，是要灭了，列位国民，列位好同胞还不跟我来吗？唉！列位好国民，快快跟我来呵！"列位看官，你想这般慷慨激昂的演说，出于一个娇小玲珑小女子之口，怎么不感动人。其实那时英国在法国的行为，实在太不像样了，本来法国的人心，心恨英国已到极点，不过没有人发动罢了。如今看见贞德一个弱女子，尚且晓得爱国，尚且晓得去救国，那一班须眉男子，那有不感动之理，所以贞德一呼百应，不到百日，聚的国民军已是不少了。贞德天天去演说，说："上帝的威灵，实鉴在兹，我法国国祚的存亡，全在此一举，我们法国全国生民的自由，也都在此一举。上帝的威灵，实鉴在兹，列位好国民，努力呀！战呀！自由呀！驱除异族呀！上帝呀！"贞德如此做法，全国的国民，非但佩服他，敬重他，简直把他当做神道一般看待，所以这一位小小的乡村牧羊女子，便做了法国国民军的都元帅了。

贞德起兵的时候，在大众面前立下誓愿，说我们这一次起兵，第一要解亚伦斯城的围，第二要逐去英国人，第三要请法王在雷姆斯城举行加冕的礼（那时查理斯年纪小所以没有加冕，后来更没有工夫了）。看官要晓得，最难的便是那第一件解亚伦斯之围，最要紧的也是这一件。因为这亚伦斯城是法国南方第一个要隘，这真可以算得法国南部一个绝大锁钥。英国的兵，围了好几个月，两边相持不下，到得贞德兵起时，听说这亚伦斯城内粮食已完，外面救兵不至，大势很危险，再守不上几十天了，要是这亚伦斯城一破，那英国的兵便可长驱直入直至巴黎（巴黎是法国的京城），巴黎一破，法国便完了，便亡了。所以这一着便是极要紧的布置，贞德带了那些国民军，经了无数无数的血战，才杀到亚伦斯城下。贞德女杰一只手执了一面大纛，一只手拿着金刀，浑身都是男子装束，骑在一匹战马上，奋勇当先，指挥全众。好容易，才把亚伦斯城下围攻的英兵，杀得干干净净，解了亚伦斯之围。看官要晓得，这是西历一千四百二十九年的事，那一年，这位贞德女杰才得十七岁呢！唉！可敬极了。

贞德既解了亚伦斯城之围，兵威大振，法国的人心，胆也大了，气也壮了，何况这亚伦斯城是法国南部一个大大的咽喉要地，贞德既克此城，便分兵攻打各处，各处的法国义民，便也揭竿起事，争做内应，不到多少时候，那法兰西国内的英人，差不多都赶完了，内中虽有几州没有克复，已是势孤力弱，不会为患的了。于是贞德便领那法王查理斯第七到那巴黎北方的雷姆斯城，遂于一千四百二十九年七月十七日，举行法王加冕的仪节，极冠冕极堂皇，那里还像几个月以前那种亡国之君的样子么！唉！这都是谁的功劳呀！

贞德女杰见国事已大定了，自己的誓愿，是已经践过了，功成了，心遂了，还不抽身早退，更待何时。贞德一念及此，便觉得脑筋里那一种爹爹妈妈姊姊妹妹哥哥弟弟相聚一堂的怡怡乐趣，从前为国事匆匆所埋没的，如今都现在脑筋里面了。主意打定便向法王处告假归家，可以去看看自己的爹妈姊妹，那时法王如何肯放他回去，竭力留他襄理国事，贞德没法，只好留下，依旧掌握兵权。

却说那时的法国人，看见国家已安，英兵的势，已渐就衰微了，古语道得好："狡兔死，走狗烹；飞鸟尽，良弓藏"，世上人情，大抵如此，所以那时便有些法国人，把贞德妒忌得了不得。有的人说："堂堂一个法国，这种救国大功，却被一个牧羊女子得去，岂不可耻。"有的人便去暗中运动那些军士说："你们列位，都是堂堂大丈夫，为什么倒在那一个小女子的麾下，岂不羞死。"这种种无理之言，便生生地害得这位贞德女杰好苦呀！

那时有一个褒根得公爵，那公爵的领土很多，和法国境相距很近，公爵看见法国兵乱，正想乘机夺取法国的土地，不料出了这么一位爱国女杰，把法国从棺材里面救了出来，那褒根得公爵的野心不能如愿，心恨贞德竟至极点，于是暗中使人，运动贞德手下的军人，用了多少的诡计，那贞德却一味把赤心待人，那里晓得有人暗算他呢？

一千四百三十年五月，贞德正领了兵，去防守香宾省，不料中了奸人诡计，遂为褒根得人所擒，囚起来，卖给英国人，听说得了很大的价钱。唉！这一种人，还可算作人吗？简直是禽兽了。唉！

贞德既被英人买去，英国的人恨极了，把他囚起来，开了好几次的公堂，审问这件事，英国问官问道："贞德，你一介女子，如何能打仗，而且你一介小女子，为什么要出来打仗呢？"贞德侃侃的答道："我么，我是上帝差我来搭救我所最亲爱最庄严的祖国的，我存了这心，上帝自然会帮助我，你们这班英狗，那里够我杀呀！"问官听了这种口供，气一个半死，一连问了多少次，多是如此，英国人恨极了，说他一定有妖术帮助，不然，他怎么能有这么大的胆子，怎么有这么大的本事呢？所以便定了一个妖术惑众的罪名，要活活把他烧死。贞德听了一无惧怕，到了那日，英国人架起柴来，预备要烧了，那时有一个黑人女奴，伏侍贞德的，英人也要烧死他，那女奴见了刑具吓得哭起来了，贞德还过去，从从容容的劝导他，叫他不要怕死。唉！这种魄力，这种心肠，我们中国几千年来可曾见过么？后来时候到了，火着了，我们这位可敬可爱爱国爱人前无古人后无来者的贞德女杰，便死在烈火之中了。唉！

那时英国人，虽然心恨贞德，但是没有一个心中不敬他为人的，到了贞德烧死之后，那几万英人都说道："坏了，坏了，我们烧死一位圣人了，我们得罪了上帝了。坏了，我们要败了。"哈哈！这话不错呵！贞德这么一死，把法国的人心又鼓舞起来了，然而英国的人心倒反吓散了，所以从此以后，两国打起仗来，英国总是大败。不上几年，非但法国的土地都归复回来了，连那些英国在法国原有的属地，都被法国夺去了，英国人是赶得干干净净的了。法国是安安稳稳的了，贞德女杰的目的达到了，死也瞑目了。

贞德死的时候，才得十九岁，烧死那地，叫做洛因城，如今也属了法国了。

（四）完结

我写这篇《贞德传》，完了，如今要说几句话列位请听：

我们中国如今的时势，危险极了，比起那时法国的情形，我们中国还要危险十倍呢！那时法国只和英国一国打仗，如今中国倒有几十个强国，环绕境上，可不是危险十倍么？我很望我们中国的同胞，快些起来救国，快些快些，不要等到将来使娘子军笑我们没用，我又天天巴望我们中国快些多出几个贞德，几十个贞德，几千百个贞德，等到那时候，在下便抛了笔砚，放下书本，赶去做一个马前卒，也情愿的，极情愿的。唉！在下现在恐怕是做梦罢！哈哈！

附告

（一）贞德，一译作若安达克，一作周安亚格，一作如安打克，今取其最简者用之。

（二）贞德传，数年前见一译本，今遍觅不可得，此传惟取司温登《世界史》，迈尔《通史》，巴痕斯《中古史略》，罗萍生《西欧史》，四种参考而成。谫陋之咎，知所不免，尚乞海内史家进而教之。

（三）贞德固美好女子，本社已觅得小影下期印出，以飨读者。

（原载 1908 年 9 月 16 日《竞业旬报》27 期。署名适之）

三百年中的女作家

——《清闺秀艺文略》序

单不庵先生把他的姊姊钱夫人士厘女士的《清闺秀艺文略》五卷送给我看，问我愿不愿做一篇序。我看了这部书，很有点感想，遂写出来请钱夫人和不庵先生指教！

这部《闺秀艺文》目录起于明末殉难忠臣祁彪佳的夫人商景兰，讫于现代生存的作者，其间不过三百年，而入录的女作家共有二千三百十人之多。钱夫人一个人的见闻无论如何广博，搜求无论如何勤劳，总不免有不少的遗漏。然而她一个人的记载已使我们知道这三百年之中至少有二千三百多个女作家，近三千种的女子作品了。凡事物若不经细密的统计，若仅用泛泛的笼统数字，决不能叫人相信。钱夫人十年的功力便能使我们深信这三百年间有过二千三百多个女作家，这是文化史上的一大发现，我们不能不感谢她的。

我又把这本《艺文》目录里的女作家，依她们的籍贯，作一个分省的统计，便得着下列的结果：

省别	人数	百分数	省别	人数	百分数
江苏	748	32.3	四川	19	
浙江	706	30.5	河南	18	

安徽	119	5.1	广西	15	
福建	97	4.2	山西	13	
湖南	71	3.0	陕西	10	
江西	57		贵州	10	
直隶	51		汉军	10	
山东	44		云南	6	
满洲	42（汉军不在内）		甘肃	4	
广东	38		未详	212	
湖北	20				
总计				2310	

这里面，江苏和浙江各占全国近三分之一。江、浙两省加上安徽，便占了全国整整三分之二以上；再加上福建、湖南，便整整占了全国的四分之三。

这种比例，并不是偶然的。从前顾颉刚先生做了一部《清代著述考》，全书至今未完，但他曾依各人的籍贯，分省分县，作一个统计表。他的结果也是江苏、浙江、安徽三省的作家为最多。三省之中，各县也有多寡的不同；如江苏则以苏、松、常、太各属为最多，浙江则以杭、嘉、湖为最多，安徽则以安庆、徽州两府为最多。钱夫人的目录，如果分府分县统计起来，一定也可得同样的结果。这都可见女作家的地域分配确然和各地域的文化状况成比例，决不是偶然的。

三百年之中，有二千三百多个女作家见于记载，这是很可以注意的事实。在一个向来轻视女子，不肯教育女子的国家里，这种统计是很可惊异的了。这种很可惊异的现象，我想起来可以有两种解释。第一，环境虽然恶劣，而天才终是压不住的，故有天才的女子往往不需要多大的栽培，自然有她们的成就。第二，在"书香"的人家，环境本不很坏，有天才的女子在她的父兄的文学环境之下受着一点教育，自然有相当的成就。

钱夫人的目录里有旌德某氏三姊妹的著作，她们的父亲是一个成功的八股家，他对于他的几个儿子存着很大的期望，用种种很严厉的手段督教他们。儿子背不出书，要罚跪在大街上，甚至于被牵出去游街。一个儿子受不过这样野蛮的羞辱，遂服毒自杀了。乡里的人都不平，有人编出一本《某翰林逼子》的新戏来。这位翰林公花了不少钱，才得不开演。然而他的三个女儿在外家长大，受了一点教育，不用罚跪，不用游街，都成了女诗人。这不是"有意栽花花不发，无心插柳柳成荫"的故事吗？这三百年中的女子作家，大概有许多人是这样的罢！

钱夫人的目录里又有崔东壁的夫人成静兰的《绣余集》与《爨余集》。最近我见着她的原书，有自序一篇，其中说自己的作诗的经过道：

> 余从先大人宦关中，时年十有一矣，先孺人始教之识字，读唐人诗数十首。先君公事之暇，时命与兄姊为偶语，暨年十四五，侍先君侧，见人有以诗呈者，则喜动颜色，辄不自揣，遂学弄韵，欲承一日之欢。然先孺人课女红严，无暇读书，亦未知讲求声律，是故所作多小儿语，亦有不成章者。
>
> 于归后，家慕贫，无人代操井臼，诸劳苦琐事，无不身亲，

是以更无暇学诗，然舅姑喜读书，因未尽弃旧业。舅多病，每呈诗至，则为一破颜失所苦，而小娘亦略知声律，常唱和于针线刀尺间。……其后数年，随良人设帐于外，颇有暇时，而客中亦多感触，故诗多异乡之作。

这便是我所谓女作家的环境。"课女红严"，"于归后，家綦贫，诸劳苦事无不身亲，是以更无暇学诗"，这都是不适宜的环境。然而她的父亲"见人有以诗呈者，则喜动颜色"，她的公公见她"呈诗至，则为一破颜失所苦"；她的小娘又懂一点声律，她的丈夫又是一个大学者，这都是适宜的环境。有点天才的女子自能战胜不适宜的环境，自能充分运用适宜的环境，故少时读了几十首唐诗，也会产生一个女诗人了。

故三百年中有这么多的女作家见于记载，并不是环境适宜于产生女作家，只是女作家偶然出于不适宜的环境之中。如果有更好的家庭境地和教育制度，这三百年的女子不应该只有这一点点的成绩。

这三百年中女作家的人数虽多，但她们的成绩都实在可怜的很。她们的作品绝大多数是毫无价值的。这是我们分析钱夫人的目录所得的最痛苦的印象。

这近三千种女子作品之中，至少有百分之九十九是诗词，是"绣余"、"爨余"、"纺余"、"黹余"的诗词，诗词之外，算学只有：

　　　　江绷芬　　　《算草》一卷，
　　　　王贞仪　　　《算术简存》五卷，
　　　　　　　　　　《重订策算正讹》，

《西洋筹算》,

《象数窥余》四卷,

《星象图释》二卷。

医学只有

曾　懿　　　《古欢室医学篇》八卷。

史学稍多,有

刘文如（阮元之妾）　《四史疑年录》七卷,

陈尔士（钱仪吉之妻）　《历代后妃表》,

汪　清　　　　　　　《国朝列女征略》十六卷,

　　　　　　　　　　《国朝孝子征略》十卷,

葛　定　　　　　　　《历代后妃始末》,

曹雪芬　　　　　　　《廿四史列女合传》。

经学及音韵训诂之学有

陈尔士　　　　　　　《授经偶笔》,

萧道管（陈衍之妻）　《说文重文管见》,

　　　　　　　　　　《列女传集注》,

梁　氏　　　　　　　《音韵纂组》,

王照圆（郝懿行之妻）《诗说》二卷,

	《诗问》七卷，
	《列女传补注》八卷，
曾　彦	《妇礼通考》，
许诵珠	《经说》，
	《小学说》，
沈　绮	《徐庾补注》四卷，
戴　礼	《大戴礼注》，
叶蕙心	《尔雅古注斠》三卷。

此外尚有评选诗文的，最著名的有汪端的《明三十家诗》十六卷。这二千三百人中，在诗词之外有成绩的，不过这几个人而已。这几个人大都是生于学者的家中，或嫁的是学者的丈夫，也因为环境的熏染，遂有学术上的贡献。我们因此可以推想无数有天才的女子，若生在现代的文明的国家，受了相当的教育，未尝不能有相当的科学贡献，如王贞仪的算学便是绝好的例。不幸他们生在我们这个畸形的社会里，男子也只会做八股时文，女子更以无才为有德。崔东壁夫人的自序里说，"夫女子以德为贵，诗非所宜"，王光燮作《王采薇传》云："余以诗非女子所宜，故秘之。"诗尚非女子所宜，何况其他的学问？这两千多女子所以还能做几句诗，填几首词者，只因为这个畸形社会向来把女子当作玩物，玩物而能做诗填词，岂不更可夸炫于人？岂不更加玩物主人的光宠？所以一般稍通文墨的丈夫都希望有"才女"做他们的玩物，替他们的老婆刻集子送人，要人知道他们的艳福。好在他们的老婆决不敢说老实话，写真实的感情，诉真实的苦痛，大都只是连篇累幅的不痛不痒的诗词而已。既

可夸耀于人，又没有出乖露丑的危险，我想一部分的闺秀诗词的刻本都是这样来的罢？其次便是因为在一个不肯教育女子的国家里，居然有女子会做诗填词，自然令人惊异，所谓"闺阁而工吟咏，事之韵者也"（叶观国题《长离阁集》）。物希为贵，故读者对于女子的作品也往往不作严格的批评，正如科举时代考官对于"北卷"另用一种宽大标准一样。在诗文选本里，闺秀和和尚道士，同列在卷末，聊备一格而已。因此，女子的作品，正因为是女子的作品，传刻保存的机会也就不少了。再其次，才是真正有文学价值的诗词，如纪映淮、王采薇之流，在这三千种书目里，只占得绝少数而已。

三百年中有两千三百多女子作家，不可算少了。但仔细分析起来，学术的作品不上千分之五；而诗词之中，绝大多数都是不痛不痒的作品，很少是本身有文学价值的。这是多么可怜的事实！

我们因此可以知道"无心插柳"，有时也可以成荫，但种瓜得瓜，种豆得豆，终是不可逃的定理。不肯教育女子，女子终不能有大成就；不许女子有学问，女子自然没有学术上的成绩可说；不许女子说真话，写真情，女子的作品自然只成为不痛不痒的闺阁文艺而已。

最后，我对于钱夫人的书，要表示很诚恳的敬意。她用了十年的功力，使我们对于中国女子问题得着一个统计的基础，使我们知道女子的文化和普通文化区域上的分配是一样的，使我们知道三百年的朴学风气里也产生了几个朴学女子，又使我们知道三百年的八股教育里，女子的文艺也只是近三千种有韵的八股。钱夫人的书，是三百年文化史的一部重要材料，这是无可疑的。

钱夫人的书，考证甚谨严，排比甚明晰。她自己说：

　　　　此编于能诗者，母女，姑妇，姑侄，姊妹，家学所衍，风
　　雅所萃，渊源所自，每就知者互举之。（卷一，页一）

　　这个方法，使人更明了我们所谓作者的环境，是于文化史家最
有益的。但全书有三点，不能不认为缺陷：第一，各书皆未注明出
处。第二，作家年代有可考见者，若能注明，当更有史学价值。第三，
各书之下若能注明"存"、"佚"、"知"、"见"，也可增益全书的用处。
钱夫人以为何如？

　　还有一点，也可供作者考虑。这三百年中，有些女子著作了不
少的小说，弹词。远者如"心如女史"的《笔生花》，近者如劳邵
振华（邵班卿之女，劳玉初之子妇）的《侠义佳人》，也都是三百
年中的闺秀作品。以流传之广，影响之大而言，《笔生花》一类的
书要算是三百年中最重要的著作。钱夫人若收集这一类的著作，考
订作者的真姓名和年代籍贯，列入这部闺秀文献志里，便可使这部
书更完全，而后人对于这三百年的文艺真相也可以更明了了。钱夫
人以为何如？

　　　　　　　　　　　　　　　　　十八、四、二三

　　　　（收入钱厘士著：《清闺秀艺文略》，出版时间不详）[11]

---

[11]　据北大图书馆藏《清闺秀艺文略》，上题"赠适之先生。单不庵十八、一、十三"。
内有胡适阅后的批注文字，知该书在胡适作序前已出版，胡适的序文可能是后来收入该书。

中国爱国女杰王昭君传

　　列位看我这篇传记，一定要奇怪，说这"王昭君"三字，怎么能和这"爱国女杰"四字合在一起呢？那王昭君不是汉朝一个失宠的宫女么？不是受了画工毛延寿的害，不中元帝的意，被元帝派出去和番的么？这个人怎么算得爱国的女豪杰呢！列位这种疑心并没有错，不过列位都被那古时做书的人欺瞒了几千年，所以如今还说这种话，简直把这位爱国女杰王昭君，受了二千年的冤枉，埋没到如今。我如今既然找到了真凭实据，可以证明这位王昭君确是一位爱国女豪杰，断不敢不来表彰一番，使大家来崇拜崇拜，这便是在下做这篇《昭君传》的原因了。

　　我且先说那旧说，那旧说道："王昭君是汉元帝时候一个宫人，那时元帝的后宫，人太多了，一时不能看遍，遂召许多画工，把那些宫人的容貌，都图成一册，好照着那册子上的面貌，按图召见。便有那许多宫人，容貌中常的，便在那画工面前行了贿赂，有的送十万钱的，也有送五万钱的，只有王昭君不屑做这些苟且无耻的事，那画工不能得钱，便把昭君的容貌画成丑相。后来匈奴（匈奴是汉朝北方一种外国人的种名，时常来扰中国）的单于来朝（单于是匈奴国王的称呼，和中国称王一般），问皇帝求一个美女。元帝翻那画册，只见王昭君的面貌最丑，便许了匈奴，把昭君赐他，到了次日，元帝便召昭君来见，不料竟是一个绝色美人，竟是宫中第一等的美人，一切应对举止，没有一件不好的，元帝心中可惜的了不得，但是既许了匈奴，不便失信于外夷，只得把昭君赐了匈奴。后来元帝心中，越想越可惜，便把那些画工都抓来杀了。"以上说的，都是从前说昭君的话头，你想那些画工竟敢在皇帝宫中，做起买卖来了，胆子也算大极了。况且元帝既见之后，又何尝不可把别人来代他？所以这种话，都是靠不住的。我如今所引证的，也是从古书上来的，并不是无稽之谈，列位且听我道来。

王昭君，名嫱，是蜀郡秭归人氏，他父亲叫做王穰，所生只有昭君一女。昭君自幼，便和平常女儿家不同，一切举动，都合礼法，长成的时候，生得秀外慧中，绝代丰姿，真个宋玉说的"增一分则太长，减一分则太短，傅粉则太白，涂脂则太赤"，再加之幽娴贞静，所以不到十七岁，便早已通国闻名的了。及笄以后，那些世家王孙，来求婚的，真个不知其数，他父亲总不肯许。恰巧那时元帝选良家子女入宫，王穰听了这个消息，便来与女儿说知，想要把昭君送进宫去。王昭君听了这话，心中自己估量，自思自己的父亲，只生一女，古语道得好："生女不生男，缓急非所益。"父母生我一场，难道亲恩未报，就此罢了不成，如今不如趁这机会，得进宫去，或者得天子恩宠，得为昭仪或是婕妤，那时可不是连我的父母祖宗，都有了光荣，也不枉父母生我一场。主意已定，便极力赞成王穰的说话。

王穰见女儿情愿，便把昭君献入宫去。看官要晓得，这原是昭君一片孝心，想做那光耀门楣的女儿，那里晓得那皇帝的深宫，是一个最凄惨最可怜的地方。古来许多诗人，做的许多宫怨的诗词，已是写得穷形尽致的了，更有那《红楼梦》上说的，有一位贾元妃，对他父亲说："当日送我到那不见人的去处。"你看这十二个字，写得多少凄怆呜咽，人尚且不能见，什么生人的乐趣，更不用说自然是没有的了。那宫中几千宫女，个个抬起头来，望着皇帝来临，甚至于有用竹叶插门，盐汁洒地，来引皇帝的羊车的。其实好好一个人，到了这种地方，除了卑鄙龌龊苟且逢迎之外，那里还想得天子的顾盼。唉！这种卑鄙污下的行为，岂是我们这位爱国女杰王昭君做得到的么？昭君到了这个地方，看了这种行为，心想自己容貌虽好，品行虽好，终究不能得天子的宠遇，休说宠遇，简直连天子的颜色都不大望得见了，要是照这样下去，还不是到头做一个白发宫人么？昭君想到这里，自然要蛾眉紧蹙，珠泪常垂的了。看官要记清，上面所说的，都是王昭君入宫的历史，如今要说那王昭君爱国的历史了。看官须晓得，汉朝一代，最大的边患，便是那匈奴，从汉高祖以来，常常入寇中国，弄得中国边境，年年出兵，民不聊生。宣帝的时候，匈奴内乱，自相争杀，遂分成两国，一边是呼韩邪单于，一边是郅支单于。后来汉朝帮助呼韩邪，攻杀郅支。呼韩邪单于大喜，遂来中国，入朝朝觐，那时正是汉元帝竟宁元年，那时便是王昭君立功的时代了。

那时呼韩邪来朝，先谢皇帝复国的恩典，便说："小臣得天子威灵，得有今日，从此以后，断不敢再萌异心。如今想求皇帝赐一个中国女子给臣，使小臣生为汉朝的臣子，又做汉朝的女婿，子孙便做汉朝的外甥，从此匈奴可不是永永成了天朝的外臣了么！"皇帝听了呼韩邪的话，心中很喜欢，只是一件，那匈奴远在长城之外，胡天万里，冰霜遍地，沙漠匝天，住的是韦鞲毳幕，吃的是羶肉酪浆，那种苦况，这些娇滴滴的宫娃，那里受得起，谁肯舍了这柏梁

建章的宫殿，去吃这种惨不可言的苦况呢？想到这里，心里便踌躇
起来了，便叫内监，把全宫的宫人，都宣上殿来，不多一会那金殿
上，便黑压压到了无数如花似玉的宫人，元帝便问道："如今匈奴
的国王，要求朕赐一女子给他，你们如有愿去匈奴的，可走出来。"
连问了几遍，那些宫人，面面相觑，没有一个敢答应的。那时王昭
君也在其内，听了皇帝的话，看了大众的情形，晓得大众的意思，
都是偷安旦夕，全不顾大局的安危，心里便老大不自在，心想我王
嫱入宫已有几年了，长门之怨，自不消说，与其做个碌碌无为的上
阳宫人，何如轰轰烈烈做一个和亲公主，我自己的姿容或者能够感
动匈奴的单于，使他永远做汉朝的臣子。一来呢，可以增进大汉的
国威；二来呢，使两国永永休兵罢战，也免了那边境上年年生民涂
炭之苦，将来汉史上即使不说我的功勋，难道那边塞上的口碑，也
把我埋没了么？想到这里，便觉得这事竟是我王嫱义不容辞的责任
了。昭君主意已定，叹了一口气，黯然立起身来，颤巍巍地走出班
来，说："臣妾王嫱愿去匈奴"，那时元帝看见没人肯去，正在狐疑
的时候，忽见人丛里走出这么一位倾城倾国绝代无双的美人来，定
睛一看，竟是宫中第一个绝色美人，而且是平日没有见过的。这时候，
元帝又惊又喜，又怜又惜，惊的是，宫中竟有这么一个美人；喜的是，
这位美人竟肯远去匈奴；怜的是，这位美人怎禁得起那万里长征的
苦趣；惜的是，宫中有了这个美人，却不曾享受得，便把去送与匈
奴，岂不可惜，岂不可惜吗？皇帝心中虽是可惜，然而那时匈奴的
使臣，陪着呼韩邪单于，都在殿上，昭君的美貌，是满朝都看见的
了，昭君的言语，是都听见的了，到了这时候，唉！虽有天子的威力，
大汉的国势，也不能挽回这事了。元帝到了这时候，一时没得法了，

只好把昭君赐了匈奴。从此以后，我们这位爱国女杰王昭君，便做了匈奴呼韩邪单于大阏支（阏支的意思，和我们中国称王后一般）了。

呼韩邪得了王昭君，快活极了，那时汉元帝封昭君为宁胡阏支。这"宁胡"二字，便是"安抚胡人"的意思。果然一个王昭君，竟胜似千百万雄兵。从此以后，胡也宁了，汉也宁了，那时呼韩邪单于，便和昭君回到匈奴，一路上经过许多平沙大漠，呼韩邪便叫匈奴的乐工，在马上弹起琵琶来，叫昭君一路行一路听着，免得他生思乡之念。不多时昭君到了匈奴，匈奴便年年进贡，永永做汉朝的外臣，于是汉朝的国威远及西北诸国。从元帝到成帝哀帝平帝，一直到王莽篡汉的时候，那时呼韩邪也死了，昭君也死了，他子孙做单于的，都说："我国世世为汉朝的外甥，如今天子已非刘氏，如何做他的藩属。"于是匈奴遂不进贡了，遂独立了。可见这都是这位爱国女杰王昭君的功劳，这便是王昭君的爱国历史。我们中国几千年以来，人人都可怜王昭君出塞和番的苦趣，却没有一个人晓得赞叹王昭君的爱国苦心的。唉！怎么对得住王昭君呀！那真是对不住王昭君了。

（原载 1908 年 11 月 4 日《竞业旬报》第 32 期，署名铁儿）

李超传

李超的一生，没有什么轰轰烈烈的事迹。我参考他的行状和他的信稿，他的生平事实不过如此：

李超原名惟柏，又名惟璧，号璞真，是广西梧州金紫庄的人。他的父母都早死了，只有两个姊姊，长名惟钧，次名□□。他父亲有一个妾，名附姐。李超少时便跟着附姐长大。因为他父母无子，故承继了他胞叔榘廷的儿子，名惟琛，号极甫。他家本是一个大家，家产也可以算得丰厚。他的胞叔在全州做官时，李超也跟着在衙门里，曾受一点国文的教育。后来他回家乡，又继续读了好几年的书，故他作文写信都还通顺清楚。

民国初年，他进梧州女子师范学校肄业，毕业时成绩很好。民国四年他和他的一班同志组织了一个女子国文专修馆。过了一年，他那班朋友纷纷散去了，他独自在家，觉得旧家庭的生活没有意味，故发愤要出门求学。他到广州，先进公立女子师范，后进结方学堂；又进教会开的圣神学堂，后又回到结方，最后进公益女子师范。他觉得广州的女学堂不能满意，故一心要想来北京进国立高等女子师范学校。民国七年七月，他好容易筹得旅费，起程来北京。九月进学校，初做旁听生，后改正科生。

那年冬天，他便有病。他本来体质不强，又事事不能如他的心愿，故容易致病。今年春天，他的病更重，医生说是肺病，他才搬进首善医院调养。后来病更重，到八月十六日遂死在法国医院。死时，他大约有二十三四岁了（行状作"年仅二十"，是考据不精的错误）。

这一点无关紧要的事实，若依古文家的义法看来，实在不值得一篇传。就是给他一篇传，也不过说几句"生而颖悟，天性孝友，戚邻称善，苦志求学，天不永其年，惜哉惜哉"一类的刻板文章，读了也不能使人相信。但是李超死后，他的朋友搜索他的遗稿，寻出许多往来的信札，又经他的同乡苏甲荣君把这些信稿分类编记一遍，使他一生所受的艰苦，所抱的志愿，都一一的表现分明。我得读这些信稿，觉得这一个无名的短命女子之一生事迹很有作详传的价值，不但他个人的志气可使人发生怜惜敬仰的心，并且他所遭遇的种种困难都可以引起全国有心人之注意讨论。所以我觉得替这一个女子做传比替什么督军做墓志铭重要得多咧。

李超决意要到广州求学时，曾从梧州寄信给他的继兄，信中说：

> 计妹自辍学以来，忽又半载。家居清闲，未尝不欲奋志自修。奈天性不敏，遇有义理稍深者，既不能自解，又无从质问。盖学无师承，终难求益也。同学等极赞广州公立女子第一师范，规则甚为完善，教授亦最良好，且年中又不收学费，如在校寄宿者，每月只缴膳费五元，校章限二年毕业。……广东为

邻省，轮舟往还，一日可达。……每年所费不过百金。侬家年中入息虽不十分丰厚，然此区区之数，又何难筹？……谅吾兄必不以此为介意。……妹每自痛生不逢辰，幼遭悯凶，长复困厄……其所以偷生人间者，不过念既受父母所生，又何忍自相暴弃。但一息苟存，乌得不稍求学问？盖近来世变日亟，无论男女，皆以学识为重。妹虽愚陋，不能与人争胜，然亦欲趁此青年，力图进取。苟得稍明义理，无愧所生，于愿已足。其余一切富贵浮华，早已参透，非谓能恝然置之，原亦知福薄之不如人也。……若蒙允诺，……匪独妹一生感激，即我先人亦当含笑于九泉矣。战栗书此，乞早裁复。

这信里说的话，虽是一些"门面话"，但是已带着一点呜咽的哭声。再看他写给亲信朋友的话：

前上短章，谅承收览。奉商之事，不知得蒙允诺与否。妹此时寸心上下如坐针毡，……在君等或视为缓事，而妹则一生苦乐端赖是也。盖频年来家多故。妹所处之境遇固不必问及。自壬子□兄续婚后，嫌隙愈多，积怨愈深。今虽同衅而各怀意见。诟谇之声犹（尤）所时有。其所指摘，虽多与妹无涉，而冷言讥刺，亦所不免。欲冀日之清净，殊不可得。去年妹有书可读，犹可藉以强解。近来闲居，更无术排遣。……锢居梧中，良非本怀。……盖凡人生于宇宙间，既不希富贵，亦必求安乐。妹处境已困难，而家人意见又复如此。环顾亲旧无一我心腹，因此，厌居梧城已非一日。

　　这信里所说，旧家庭的黑暗，历历都可想见。但是我仔细看这封信，觉得他所说还不曾说到真正苦痛上去。当时李超已二十岁了，还不曾订婚。他的哥嫂都很不高兴，都很想把他早早打发出门去，他们就算完了一桩心事，就可以安享他的家产了。李超"环顾亲旧，无一心腹"，只有胞姊惟钧和姊夫欧寿松是很帮助他的。李超遗稿中有两封信是代他姊姊写给他姊夫的，说的是关于李超的婚事。一封信说：

　　　　先人不幸早逝，遗我手足三人。……独季妹生不逢辰，幼失怙恃，长遭困厄，今后年华益增，学问无成，后顾茫茫，不知何以结局。钧每念及此，寝食难安。且彼性情又与七弟相左。盖弟择人但论财产，而舍妹则重学行。用是各执意见，致起龃龉。妹虑家庭专制，恐不能遂其素愿，缘此常怀隐忧，故近来体魄较昔更弱。稍有感触，便觉头痛。……舍妹之事，总望为留心。苟使妹能终身付托得人，岂独钧为感激，即先人当含笑于九泉也……

　　这信所说，乃是李超最难告人的苦痛。他所以要急急出门求学，大概是避去这种高压的婚姻。他的哥哥不愿意他远去，也只是怕他远走高飞做一只出笼的鸟，做一个终身不嫁的眼中钉。

　　李超初向他哥哥要求到广州去求学，——广州离梧州只有一天的轮船路程，算不得什么远行。——但是他哥哥执意不肯。请看他的回信：

　　九妹知悉：尔欲东下求学，我并无成见在胸，路程近远，用款多少，我亦不措意及之也。惟是侬等祖先为乡下人，侬等又系生长乡间，所有远近乡邻女子，并未曾有人开远游羊城（即广州）求学之先河。今尔若子身先行，事属罕见创举。乡党之人少见多怪，必多指摘非议。然乡邻众口悠悠姑置勿论，而尔五叔为族中之最尊长者，二伯娘为族中妇人之最长者，今尔身为处子，因为从师求学，远游至千数百里外之羊城，若不禀报而行，恐于理不合。而且伊等异日风闻此事，则我之责任非轻矣。我为尔事处措无方。今尔以女子身为求学事远游异域，我实不敢在尊长前为尔启齿，不得已而请附姐（李超的庶母）为尔转请，而附姐诸人亦云不敢，而且附姐意思亦不欲尔远行也。总之，尔此行必要禀报族中尊长方可成行，否则我之责任綦重。……见字后，尔系一定东下，务必须由尔设法禀明族中尊长。

这封信处处用恫吓手段来压制他妹子，简直是高压的家族制度之一篇绝妙口供。

　　李超也不管他，决意要东下，后来他竟到了广州进了几处学堂。他哥哥气得厉害，竟不肯和他通信。六年七月五日，他嫂嫂陈文鸿信上说：

　　……尔哥对九少言，"……余之所以不寄信不寄钱于彼者，以妹之不遵兄一句话也。且余意彼在东省未知确系读书，抑系在客栈住，以信瞒住家人。余断不为彼欺也。"言时声厉。……

　　嫂思之，计无所出，妹不如暂且归梧，以息家人之怨。……何
　　苦惹家人之怨？

又阴历五月十七日函说：

　　　　……姑娘此次东下，不半年已历数校，以致家人咸怒。而
　　今又欲再觅他校专读中文，嫂恐家人愈怒。

即这几封信，已可看出李超一家对他的怨恨了。

　　李超出门后，即不愿回家，家人无可如何，只有断绝他的用费
一条妙计。李超在广州二年，全靠他的嫂嫂陈文鸿，姊夫欧寿松，
堂弟惟几，本家李典五，堂姊伯援、宛贞等人私下帮助他的经费。
惟几信上（阴九月三十日）有"弟因寄银与吾姐一事，屡受亚哥痛责"
的话。欧寿松甚至于向别人借钱来供给他的学费，那时李超的情形，
也可想而知了。

　　李超在广州换了几处学堂，总觉得不满意。那时他的朋友梁惠
珍在北京高等女子师范学校写了几次信去劝他来北京求学。李超那
时好像屋里的一个蜜蜂，四面乱飞，只朝光明的方向走。他听说北
京女高师怎样好，自然想北来求学，故把旧作的文稿寄给梁女士，
请他转呈校长方还请求许他插班，后来又托同乡京官说情，方校长
准他来校旁听。但是他到广州，家人还百计阻难，如何肯让他远走
北京呢？

　　李超起初想瞒住家人，先筹得一笔款子，然后动身。故六年冬
天李伯援函说：

……七嫂心爱妹，甫兄防之极严，限以年用百二（十）金为止，……甫嫂灼急异常。甫嫂许妹之款，经予说尽善言，始获欣然。伊苟知妹欲行，则诚恐激变初心矣……

后来北行的计划被家人知道了，故他嫂嫂六年十一月七日函说：

日前得三姑娘来信，知姑娘不肯回家，坚欲北行。闻讯之下，不胜烦闷。姑娘此行究有何主旨？嫂思此行是直不啻加嫂之罪，陷嫂于不义也。嫂自姑娘东行后，尔兄及尔叔婶时时以恶言相责，说是嫂主其事，近日复被尔兄殴打。且尔副姐（即附姐）亦被责。时时相争相打，都因此事。姑娘若果爱嫂，此行万难实行，恳祈思之，再思之。

那时他家人怕他远走，故极力想把他嫁了。那几个月之中，说婚的信很多，李超都不肯答应。他执意要北行，四面八方向朋友亲戚借款。他家虽有钱，但是因为他哥哥不肯负还债的责任，故人多不敢借钱给他。七年五月二十二日，他姊姊惟钧写信给在广州的本家李典五说：

……闻九妹欲近日入京求学，本甚善事也。但以举廷五叔及甫弟等均以为女子读书稍明数字便得。今若只身入京，奔走万里，实必不能之事。即使其能借他人之款，以遂其志，而将来亦定不担偿还之职。

这是最厉害的对付方法。六月二十八日伯援函说：

> ……该款七嫂不肯付，伊云妹有去心，自后一钱不寄矣。在款项一节，予都可为妹筹到。惟七嫂云，如妹能去，即惟予与婉贞二人是问。……七嫂与甫为妹事又大斗气。渠云妹并未知渠之苦心，典五之款，渠亦不还，予对妹难，对渠等尤难也。

照这信看来，连他那贤明的嫂嫂也实行那断绝财源的计划了。

那时李超又急又气，已病了几个月。后来幸亏他的大姊丈欧寿松一力担任接济学费的事。欧君是一个极难得的好人，他的原信说：

> ……妹决意往京就学，……兄亦赞成。每年所需八九十金，兄尽可担负。……惟吾妹既去，极甫谅亦不恝置也……

李超得了李典五借款，又得了欧寿松担任学费，遂于七月动身到北京。他先在女高师旁听，后改正科生。那时他家中哥嫂不但不肯接济款项，还写信给他姊夫，不许他接济。欧君七年九月五日信说：

> ……七舅近来恐无银汇。昨接璇儿信，称不独七妗不满意，不肯汇银，且来信嘱兄不许接济。兄已回函劝导，谅不至如此无情。兄并声明，七舅如不寄银则是直欲我一人担任。我近年债务已达三千元左右，平远又是苦缺，每年所得，尚未足清还债累，安得如许钱常常接济？即勉强担任，于亲疏贫富之间，

未免倒置。

看这信所说李超的家产要算富家，何以他哥嫂竟不肯接济他的学费呢？原来他哥哥是承继的儿子，名分上他应得全份家财。不料这个倔强的妹子偏不肯早早出嫁，偏要用家中银钱读书求学。他们最怕的是李超终身读书不嫁，在家庭中做一个眼中钉。故欧寿松再三写信给李超劝他早早定婚，劝他早早表明宗旨，以安他哥嫂之心。欧君九月五日信说：

> ……兄昨信所以直言不讳劝妹早日定婚者，职此之故。妹婚一日未定，即七舅等一日不安。……妹婚未成，则不独妹无终局，家人不安，即愚夫妇亦终身受怨而莫由自解。……前年在粤时，兄屡问妹之主意，即是欲妹明白宣示究竟读书至何年为止，届时即断然适人，无论贤愚，绝无苛求之意，只安天命，不敢怨人，否则削发为尼，终身不字。如此决定，则七舅等易于处置，不至如今日之若涉大海，茫无津涯，教育之费，不知负担到何时乃为终了。

又九月七日信说：

> ……妹读书甚是好事，惟宗旨未明，年纪渐长，兄亦深以为忧。……极甫等深以为吾妹终身读书亦是无益。吾妹即不为极甫诸人计，亦当为兄受怨计，早日决定宗旨，明以告我。

欧君的恩义，李超极知感激。这几封信又写得十分恳切，故李超答书也极恳切。答书说：

  ……吾兄自顾非宽，而于妹膏火之费屡荷惠助。此恩此德，不知所以报之，计惟有刻诸肺腑，没世不忘而已。……妹来时曾有信与家兄，言明妹此次北来，最迟不过二三年即归。婚事一节，由伊等提议，听妹处裁。至受聘迟早，妹不敢执拗，但必俟妹得一正式毕业，方可成礼。盖妹原知家人素疑妹持单独主义，故先剖明心迹，以释其疑，今反生意外之论，实非妹之所能料。若谓妹频年读书费用浩繁，将来伊于胡底，此则故设难词以制我耳。盖吾家虽不敢谓富裕，而每年所入亦足敷衍。妹年中所耗不过二三百金，何得谓为过分？况此乃先人遗产，兄弟辈既可随意支用，妹读书求学乃理正言顺之事，反谓多余，揆之情理，岂得谓平耶？静思其故，盖家兄为人惜财如璧，且又不喜女子读书，故生此闲论耳……

李超说，"此乃先人遗产，兄弟辈既可随意支用，妹读书求学乃理正言顺之事，反谓多余，揆之情理，岂得谓平耶？"这几句话便是他杀身的祸根。谁叫他做一个女子！既做了女子，自然不配支用"先人遗产"来做"理正言顺之事"！

李超到京不够半年，家中吵闹得不成样子。伯援十一月六号来信说：

  ……七嫂于中秋前出来住数天，因病即返乡。渠因与甫兄口角成仇，赌气出来。渠数月来甚与甫兄反目，其原因一为亚凤（极甫之妾），一为吾妹。凤之不良，悉归咎于鸿嫂，而鸿嫂欲卖去之，甫兄又不许，近且宠之，以有孕故也。前月五叔病，钧姊宁省，欲为渠三人解释嫌恨，均未达目的，三宿即返。返时鸿嫂欣然送别，嘱钧姊勿念，渠自能自慰自解，不复愁闷。九姑娘（即李超）处，渠典当金器亦供渠卒业，请寄函渠，勿激气云云。是夕渠于夜静悬梁自缢，幸副姐闻吹气声，即起呼救，得免于危……

甫兄对于妹此行，其恶益甚，声称一钱不寄，尽妹所为，不复追究。渠谓妹动以先人为念一言为题，即先人尚在，妹不告即远行，亦未必不责备也。钧姐嘱妹自后来信千万勿提先人以触渠怒云。

这一封信，前面说他嫂嫂为了他的事竟致上吊寻死，后面说他哥哥不但不寄一钱，甚至于不准他妹妹提起"先人"两个字。李超接着这封信，也不知气得什么似的。后来不久他就病倒了，竟至吐血。到了八年春天，病势更重，医生说是肺病。那时他的死症已成。到八月就死了。

李超病中，他姊夫屡次写信劝他排解心事，保重身体。有一次信中，他姊丈说了一句极伤心的趣话。他说："吾妹今日境遇与兄略同。所不同者，兄要用而无钱，妹则有钱而不得用。"李超"有钱而不得用"，以至于受种种困苦艰难，以至于病，以至于死，……这是谁的罪过？……这是什么制度的罪过？

李超死后，一切身后的事都靠他的同乡区君谌，陈君瀛等料理。

他家中哥嫂连信都不寄一封。后来还是他的好姊夫欧君替他还债。李超的棺材现在还停在北京一个破庙里，他家中也不来过问。现在他哥哥的信居然来了。信上说他妹子"至死不悔，死有余辜"！

　　以上是李超的传完了。我替这一个素不相识的可怜女子作传，竟做了六七千字，要算中国传记里一篇长传。我为什么要用这么多的工夫做他的传呢？因为他的一生遭遇可以用做无量数中国女子的写照，可以用做中国家庭制度的研究资料，可以用做研究中国女子问题的起点，可以算做中国女权史上的一个重要牺牲者。我们研究他的一生，至少可以引起这些问题：

　　（1）家长族长的专制　"尔五叔为族中之最尊长者，二伯娘为族中妇人之最长者。若不禀报而行，恐于理不合。"诸位读这几句话，发生什么感想？

　　（2）女子教育问题　"侬等祖先为乡下人，所有远近乡邻女子，并未曾有人开远游求学之先河。今尔若子身先行，事属罕见创举。乡党之人必多指摘非议。""举廷五叔及甫弟等均以为女子读书稍明数字便得。"诸位读这些话，又发生什么感想？

　　（3）女子承袭财产的权利　"此乃先人遗产，兄弟辈既可随意支用，妹读书求学乃理正言顺之事，反谓多余。揆之情理，岂得谓平耶？"诸位读这几句话，又发生什么感想？

　　（4）有女不为有后的问题　《李超传》的根本问题，就是女子不能算为后嗣的大问题。古人为大宗立后，乃是宗法社会的制度。后来不但大宗，凡是男子无子，无论有无女儿，都还要承继别人的儿子为后。即如李超的父母，有了李超这样的一个好女儿，依旧不能算是有后，必须承继一个"全无心肝"的侄儿为后。诸位读了这篇传，对于这种制度，该发生什么感想？

民国八年十二月

（原载1919年12月1日至3日《晨报》，又载1919年12月1日《新潮》第2卷第2号）

贺双卿考

徐志摩先生送来张寿林先生编的女子贺双卿《雪压轩集》，我读了颇怀疑。这些诗词都出于史震林的《西青散记》，《散记》但称为"双卿"，不称其姓。黄韵珊的《国朝词综续编》始称为"贺双卿"。但董潮《东皋杂抄》卷三（《艺海珠尘》"土"集）引了他的两首词，则说是"庆青，姓张氏"。这是一可疑。《散记》记双卿事，起于雍正壬子（1732），迄于乾隆丙辰（1736）；《东皋杂抄》自序在癸酉冬（1753）；相去年代不远，何以姓名不同如此？又徐乃昌作他的小传，说他是丹阳人，董潮说他是金坛人。这是二可疑。

《东皋杂抄》说她：

> 不以村愚怨其匹，有盐贾某百计谋之，终不可得。以艳语投之者，骂绝不答。可谓以礼自守。

《西青散记》里的双卿并没有"骂绝不答"的态度。这是三可疑。

《散记》说"雍正十年，双卿年十八"，但下文又说雍正十一年癸丑"双卿年二十有一"。这是四可疑。

《散记》记双卿的事多不近情实，令人难信。如云"芦叶方寸，淡墨若无"；如说芦叶上写《摸鱼儿》长调，竹叶上写《凤凰台上忆吹箫》长调，这都不近事实。一个田家苦力女子，病疟最重时还须做苦工，那有这样细致工夫写这样绝细的小字？这是五可疑。

所以我疑心双卿是史震林悬空捏造出来的人物。后人不察，多信为真有其人，甚至于有人推为清朝第一女词人。其实史震林的《西青散记》四卷，除了两篇游山记之外，大都是向壁虚造的才子佳人鬼话。《散记》的前半专记史震林一班朋友扶乩请来的女仙的诗词，一一皆有年月日，诗词也很有可读的。双卿正是和《散记》里的"娟娟仙子"，"碧夜仙娥"，"白罗天女"，"清华神女"，"琅玕神女"同一类的人物。

史震林自己说：

> 眼中无剑仙，意中须有《红线传》。眼中无美人，意中须有《洛神赋》。海外有国，以日之所见为妄，夜之所梦为真。夫意之所思，或得于梦；梦之所见，或有其事。事短，梦长。梦短，意长。意不长，斯无可奈何者也。意中，梦中，眼中，宁有异耶？（卷二，页三十二）

懂得这种逻辑，我们才可以不上《西青散记》的当。
《散记》中双卿写信给作者，末段有这样的一句话：

> 夫双卿犹梦耳。梦中所值，颠倒非一。觉而思之，亦无悔焉。

读《散记》的人还不明白吗？
《散记》有曹学诗的两篇长序，都是八股式的文字，其第一篇中说：

> ……即有生以来，未尝一见佳人之如何艳，如何慧，如何幽，
> 如何贞，而心中口中，梦中病中，笑中哭中，亦未尝须臾而不
> 悬想一绝世之艳，绝世之慧，绝世之幽，绝世之贞者也。……
> 即悬想者，人间天上皆无如是绝世之佳人，而心中口中，梦中
> 病中，笑中哭中，魂阳格天，魄阴动地，天地亦将为之特生一
> 绝世之佳人以慰之报之者也。

这便是这班穷酸八股秀才的人生哲学，这便是穷酸才子的宗教。女
诗人女词人双卿便是这个穷酸宗教里的代天下女子受苦难的女菩
萨。他便是这班穷酸才子在白昼做梦时"悬想"出来的"绝世之艳，
绝世之慧，绝世之幽，绝世之贞"的佳人。

十八、十一、二

又记

双卿怎么会变成庆青呢？我可以假定一种演变的程序。

史震林的双卿本无姓。二三十年后讹成了"卿卿"。但有人却
嫌这个名字不像一个"以礼自守"的良家女子的名字，故改"卿卿"
为"庆青"。

董潮引的一首《残灯词》，有一句是：

> 香膏尽，芳心未冷，且伴庆青。

《散记》作"且伴双卿"，大概后来讹成"卿卿"，董潮时代方才改作"庆青"。

（原载 1930 年 1 月《吴淞月刊》第 4 期）

卷四

《尝试集》新咏

1907 年（丁未）观爱国女校
运动会纪之以诗

烂漫春三天气新，垂杨十亩草如茵。

名园曲曲深深处，中有悲歌慢舞人。

蛾眉回首几辛酸，欲买青丝绣木兰。

姊妹花枝憔悴甚，为谁和泪看"麻滩"。[12]

落日风翻照国旗，更无遗恨到蛾眉。

剧怜娇小玲珑女，也执金刀学指挥。[13]

无端忽作天魔舞，宛转琴声踏踏歌。

歌到离离禾黍句，也应蹴损小蛮靴。

疏林回首夕阳斜，愧煞须眉几万家。

我欲赞扬无别语，女儿花发文明花。

（原载 1908 年 5 月 20 日《竞业旬报》第 15 期，署名铁儿）

---

[12]　是日有麻滩之战，兵式操甚佳。

[13]　是日体操司令者为一幼年学生。

新婚杂诗五首

一

十三年没见面的相思，于今完结。

把一桩桩伤心旧事，从头细说。

你莫说你对不住我，

我也不说我对不住你，——

且牢牢记取这十二月三十夜的中天明月！

二

回首十四年前，

初春冷雨，

中村箫鼓，

有个人来看女婿。

匆匆别后，便轻将爱女相许。

只恨我十年作客，归来迟暮，

到如今，待双双登堂拜母，

只剩得荒草孤坟，斜阳凄楚！

最伤心，不堪重听，灯前人诉，阿母临终语！

三

　　与新妇同至江村，归途在杨桃岭上望江村，庙首诸村，及
其北诸山。

重山叠嶂，
都似一重重奔涛东向！
山脚下几个村乡，
一百年来多少兴亡，不堪回想！——更不须回想！
想十万万年前，这多少山头，都不过是大海里一些儿微波暗浪！

四

　　吾订婚江氏，在甲辰年。戊申之秋，两家皆准备婚嫁，吾
力阻之，始不果行。然此次所用嫁妆，犹多十年旧物。吾本不
欲用爆竹，后以其为吾母十年前所备，不忍不用之。

记得那年，你家办了嫁妆，我家备了新房，只不曾捉到我这个
新郎！
这十年来，换了几朝帝王，看了多少兴亡，
锈了你嫁奁中的刀剪，改了你多少嫁衣新样，
更老了你和我人儿一双！——
只有那十年陈的爆竹，越陈偏越响！

五

十几年的相思刚才完结，

没满月的夫妻又匆匆分别。

昨夜灯前絮语，全不管天上月圆月缺。

今宵别后，便觉得这窗前明月，格外清圆，格外亲切！

你该笑我，饱尝了作客情怀，别离滋味，还逃不了这个时节！

七年一月

（原载 1918 年 4 月 15 日《新青年》第 4 卷第 4 号）

醉与爱

沈玄庐说我的诗"醉过才知酒浓，爱过才知情重"的两个"过"字，依他的经验，应该改作"里"字。我戏做这首诗答他。

你醉里何尝知酒力？
你只和衣倒下就睡了。
你醒来自己笑道，
"昨晚当真喝醉了！"
爱里也只是爱，——
和酒醉很相像的。
直到你后来追想，
"哦！爱情原来是这么样的！"

十、一、二七

（原载 1921 年 1 月 31 日上海《民国日报·觉悟副刊》）

病中得冬秀书

一

病中得他书，不满八行纸，
全无要紧话，颇使我欢喜。

二

我不认得他，他不认得我，
我总常念他，这是为什么？
岂不因我们，分定长相亲，
由分生情意，所以非路人？
海外"土生子"，生不识故里，
终有故乡情，其理亦如此。

三

岂不爱自由？此意无人晓：
情愿不自由，也是自由了。

六年一月十六日

（收入初版《尝试集》）

我们的双生日

——赠冬秀

九年十二月十七日，即阴历十一月初八日，是我的阳历生日，又是冬秀的阴历生日。

他干涉我病里看书，
常说："你又不要命了！"
我又恼他干涉我，
常说："你闹，我更要病了！"
我们常常这样吵嘴，——
每回吵过也就好了。
今天是我们的双生日，
我们订约，今天不许吵了。
我可忍不住要做一首生日诗。
他喊道："哼，又做什么诗了！"
要不是我抢的快，
这首诗早被他撕了。[14]

（原载 1922 年 4 月 19 日《晨报副镌》）

_____

[14] 国音，诗音尸，撕音厶，故可互韵。

民国七年十二月一日 奔丧到家

往日归来，才望见竹竿尖，才望见吾村，

便心头乱跳，遥知前面，老亲望我，含泪相迎。

"来了？好呀！"——更无别话，说尽心头欢喜悲酸无限情。

偷回首，揩干泪眼，招呼茶饭，款待归人。

今朝，——

依旧竹竿尖，依旧溪桥，——

只少了我的心头狂跳！——

何消说一世的深恩未报！

何消说十年来的家庭梦想，都一一云散烟销！——

只今日到家时，更何处能寻他那一声"好呀，来了！"

（原载 1918 年 12 月 22 日《每周评论》第 1 号）

写在赠唐瑛女士的扇子上

静里细思量，
毕竟算伊出色，
经过疏狂豪逸，
到夷然平实。

许伊诗扇已三年，
扇样莫嫌旧。
扇是前年买的，
诗，今天才有。

十九年十月

（收入《胡适之先生诗歌手迹》）

卷五

自由是什么

自由主义

孙中山先生曾引一句外国成语："社会主义有五十七种，不知那一种是真的。"其实"自由主义"也可以有种种说法，人人都可以说他的说法是真的，今天我说的"自由主义"，当然只是我的看法，请大家指教。

自由主义最浅显的意思是强调的尊重自由，现在有些人否认自由的价值。同时又自称是自由主义者。自由主义里没有自由，那就好像长坂坡里没有赵子龙，空城计里没有诸葛亮，总有点叫不顺口罢！据我的拙见，自由主义就是人类历史上那个提倡自由，崇拜自由，争取自由，充实并推广自由的大运动。"自由"在中国古文里的意思是："由于自己"，就是不由于外力，是"自己作主"。在欧洲文字里，"自由"含有"解放"之意，是从外力裁制之下解放出来，才能"自己作主"。在中国古代思想里，"自由"就等于自然，"自然"是"自己如此"，"自由"是"由于自己"，都有不由于外力拘束的意思。陶渊明的诗："久在樊笼里，复得返自然"，这里"自然"二字可以说是完全同"自由"一样。王安石的诗："风吹瓦堕屋，正打破我头……我终不嗔渠，此瓦不自由。"这就是说，这片瓦的行动是被风吹动的，不是由于自己的力量。中国古人太看重"自由"，"自然"的"自"字，所以往往看轻外面的拘束力量，也许是故意看不起外面的压迫，故意回向自己内心去求安慰，求自由。这种回向自己求内心的自由，有几种方式，一种是隐遁的生活——逃避外力的压迫，一种是梦想神仙的生活——行动自由，变化自由——正如庄子说，列子御风而行，还是"有待"，"有待"还不是真自由，最高的生活是事人无待于外，道教的神仙，佛教的西天净土，都含有由自己内心去寻求最高的自由的意义。我们现在讲的"自由"，不是那种内心境界，我们现在说的"自由"，是不受外力拘束压迫的权利。是在某一方面的生活不受外力限制束缚的权利。

在宗教信仰方面不受外力限制，就是宗教信仰自由。在思想方面就是思想自由，在著作出版方面，就是言论自由，出版自由。这些自由都不是天生的，不是上帝赐给我们的，是一些先进民族用长期的奋斗努力争出来的。

人类历史上那个自由主义大运动实在是一大串解放的努力。宗教信仰自由只是解除某个某个宗教威权的束缚，思想自由只是解除某派某派正统思想威权的束缚。在这些方面……在信仰与思想的方面，东方历史上也有很大胆的批评者与反抗者。从墨翟，杨朱，到桓谭，王充，从范缜，傅奕，韩愈，到李贽，颜元，李塨，都可以说是为信仰思想自由奋斗的东方豪杰之士，很可以同他们的许多西方同志齐名比美，我们中国历史上虽然没有抬出"争自由"的大旗子来做宗教运动，思想运动，或政治运动，但中国思想史与社会政治史的每一个时代都可以说含有争取某种解放的意义。

我们的思想史的第一个开山时代，就是春秋战国时代——就有争取思想自由的意义。

古代思想的第一位大师老子，就是一位大胆批评政府的人。他说："天下多忌讳，而民弥贫。""法令滋彰，盗贼多有。""民之饥，以其上食税之多，是以饥。""民之难治，以其上之有为，是以难治。""民之轻死，以其求生之厚，是以轻死。""天之道损有余，而补不足。""人之道则不然，损不足以奉有余。"老子同时的邓析是批评政府而被杀的。另一位更伟大的人就是孔子，他也是一位偏向左的"中间派"，他对于当时的宗教与政治，都有大胆的批评，他的最大胆的思想是在教育方面：有教无类。"类"是门类，是阶级民族，"有教无类"，是说：有了教育，就没有阶级民族了。

从老子孔子打开了自由思想的风气，二千多年的中国思想史，宗教史，时时有争自由的急先锋，有时还有牺牲生命的殉道者。孟子的政治思想可以说是全世界的自由主义的最早一个倡导者。孟子提出的"大丈夫"是"贫贱不能移，富贵不能淫，威武不能屈"。这是中国经典里自由主义的理想人物。在二千多年历史上，每到了宗教与思想走进了太黑暗的时代，总有大思想家起来奋斗，批评，改革。

汉朝的儒教太黑暗了，就有桓谭，王充，张衡起来，作大胆的批评。后来佛教势力太大了，就有齐梁之间的范缜，唐朝初年的傅奕，唐朝后期的韩愈出来，大胆的批评佛教，攻击那在当时气焰熏天的佛教。大家都还记得韩愈攻击佛教的结果是："一封朝奏九重天，夕贬潮阳路八千。"佛教衰落之后，在理学极盛时代，也曾有多少次批评正统思想或反抗正统思想的运动。王阳明的运动就是反抗朱子的正统思想的。李卓吾是为了反抗一切正宗而被拘捕下狱，他在监狱里自杀的，他死在北京，葬在通州，这个七十六岁的殉道者的坟墓，至今存在，他的书经过多少次禁止，但至今还是很流行的。北方的颜李学派，也是反对正统的程朱思想的，当时，这个了不得的学派很受正统思想的压迫，甚至于不能公开的传授。这三百年的汉学运动，也是一种争取宗教自由思想自由的运动。汉学是抬出汉朝的书做招牌，来掩护一个批评宋学的大运动。这就等于欧洲人抬出《圣经》来反对教会的权威。

但是东方自由主义运动始终没有抓住政治自由的特殊重要性，所以始终没有走上建设民主政治的路子。西方的自由主义绝大贡献正在这一点，他们觉悟到只有民主的政治方才能够保障人民的基本自由，所以自由主义的政治意义是强调的拥护民主。一个国家的统治权必须放在多数人民手里，近代民主政治制度是安格罗撒克逊民族的贡献居多，代议制度是英国人的贡献，成文而可以修改的宪法是英美人的创制，无记名投票是澳洲人的发明，这就是政治的自由主义应该包含的意义。我们古代也曾有"天视自我民视，天听自我民听"，"民为邦本"，"民为贵，社稷次之，君为轻"的民主思想。我们也曾在二千年前就废除了封建制度，做到了大一统的国家，在这个大一统的帝国里，我们也曾建立一种全世界最久的文官考试制度，使全国才智之士有参加政府的平等制度。但，我们始终没有法可以解决君主专制的问题，始终没有建立一个制度来限制君主的专制大权，世界只有安格罗撒克逊民族在七百年中逐渐发展出好几种民主政治的方式与制度，这些制度可以用在小国，也可以用在大国。

（1）代议政治，起源很早，但史家指 1295 年为正式起始。

（2）成文宪，最早的 1215 年的大宪章，近代的是美国宪法（1789）。

（3）无记名投票（政府预备选举票，票上印各党候选人的姓名，选民秘密填记）是 1856 年 South Arsthlia 最早采用的。

自由主义在这两百年的演进史上，还有一个特殊的，空前的政治意义，就是容忍反对党，保障少数人的自由权利。向来政治斗争不是东风压了西风，就是西风压了东风，被压的人是没有好日子过的，但近代西方的民主政治却渐渐养成了一种容忍异己的度量与风气。因为政权是多数人民授予的，在朝执政权的党一旦失去了多数人民的支持，就成了在野党了，所以执政权的人都得准备下台时坐冷板凳的生活，而个个少数党都有逐渐变成多数党的可能。甚至于极少数人的信仰与主张，"好像一粒芥子，在各种种子里是顶小的，等到他生长起来，却比各种菜蔬都大，竟成了小树，空中的飞鸟可以来停在他的枝上。"（《新约·马太福音十四章》，圣地的芥菜可以高到十英尺。）人们能这样想，就不能不存容忍别人的态度了，就不能不尊重少数人的基本自由了。在近代民主国家里，容忍反对党，保障少数人的权利，久已成了当然的政治作风，这是近代自由主义里最可爱慕而又最基本的一个方面。我做驻美大使的时期，有一天我到费城去看我的一个史学老师白尔教授，他平生最注意人类争自由的历史，这时候他已八十岁了。他对我说："我年纪越大，越觉得容忍比自由还更重要。"这句话我至今不忘记。为什么容忍比自由还更要紧呢？因为容忍就是自由的根源，没有容忍，就没有自由可说了。至少在现代，自由的保障全靠一种互相容忍的精神，无论是东风压了西风，是西风压了东风，都是不容忍，都是摧残自由。多数人若不能容忍少数人的思想信仰，少数人当然不会有思想信仰的自由，反过来说，少数人也得容忍多数人的思想信仰，因为少数人要时常怀着"有朝一日权在手，杀尽异教方罢休"的心理，多数人也就不能不行"斩草除根"的算计了。最后我要指出，现代的自由主义，还含有"和平改革"的意思。

　　和平改革有两个意义，第一就是和平的转移政权，第二就是用立法的方法，一步一步的做具体改革，一点一滴的求进步。容忍反对党。尊重少数人权利，正是和平的政治社会改革的唯一基础。反对党的对立，第一是为政府树立最严格的批评监督机关，第二是使人民可以有选择的机会，使国家可以用法定的和平方式来转移政权，严格的批评监督，和平的改换政权，都是现代民主国家做到和平革新的大路。近代最重大的政治变迁，莫过于英国工党的执掌政权，英国工党在五十多年前，只能选择出十几个议员，三十年后，工党两次执政，但还站不长久，到了战争胜利之年（1945），工党得到了绝对多数的选举票，故这次工党的政权，是巩固的，在五年之内，谁都不能推翻他们，他们可以放手改革英国的工商业，可以放手改革英国的经济制度，这样重大的变化，——从资本主义的英国变到社会主义的英国，——不用流一滴血，不用武装革命，只靠一张无记名的选举票，这种和平的革命基础，只是那容忍反对党的雅量，只是那保障少数人自由权利的政治制度，顶顶小的芥子不曾受摧残，在五十年后居然变成大树了。自由主义在历史上有解除束缚的作用，故有时不能避免流血的革命，但自由主义的运动，在最近百年中有最大成绩。例如英国自从 1832 年以来的政治革新，直到今日的工党政府，都是不流血的和平革新，所以在许多人的心目中自由主义竟成了"和平改革主义"的别名，有些人反对自由主义，说它是"不革命主义"，也正是如此。我们承认现代的自由主义正应该有"和平改革"的含义，因为在民主政治已上了轨道的国家里，自由与容忍铺下了和平改革的大路，自由主义者也就不觉得有暴力革命的必要了。这最后一点，有许多没有忍耐心的年青人也许听了不满意，他们要"彻底改革"，不要那一点一滴的立法，他们要暴力革命，不要和平演进。我要很诚恳的指出，近代一百六七十年的历史，很清楚的指示我们，凡主张彻底改革的人，在政治上没有一个不走上绝对专制的路，这是很自然的，只有绝对的专制政权可以铲除一切反对党，消灭一切阻力，也只有绝对的专制政治可以不择手段，不惜代价，用最残酷的方法做到他们认为根本改革的目的。他们不承认他们的见解会有错误，他们也不能承认反对的人会有值得考虑的理由，所以他们绝对不能容忍异己，也绝对不能容许自由的思想与言论。所以我很坦白地说，自由主义为了尊重自由与容忍，当然反对暴力革命，与暴力革命必然引起来的暴力专制政治。

总结起来，自由主义的第一个意义是自由，第二个意义是民主，第三个意义是容忍——容忍反对党，第四个意义是和平的渐进的改革。

（本文为 1948 年 9 月 4 日胡适在北平电台的广播词，原载 1948 年 9 月 5 日北平《世界日报》）

人权与约法

4 月 20 日国民政府下了一道保障人权的命令，全文是：

> 世界各国人权均受法律之保障。当此训政开始，法治基础
> 亟宜确立。凡在中华民国法权管辖之内，无论个人或团体均不
> 得以非法行为侵害他人身体，自由，及财产。违者即依法严行
> 惩办不贷。着行政司法各院通饬一体遵照。此令。

在这个人权被剥夺几乎没有丝毫余剩的时候，忽然有明令保障
人权的盛举，我们老百姓自然是喜出望外。但我们欢喜一阵之后，
揩揩眼镜，仔细重读这道命令，便不能不感觉大失望。失望之点是：

第一，这道命令认"人权"为"身体，自由，财产"三项，但
这三项都没有明确规定。就如"自由"究竟是那几种自由？又如"财
产"究竟受怎样的保障？这都是很重要的缺点。

第二，命令所禁止的只是"个人或团体"，而并不曾提及政府
机关。个人或团体固然不得以非法行为侵害他人身体自由及财产，
但今日我们最感觉痛苦的是种种政府机关或假借政府与党部的机关
侵害人民的身体自由及财产。如今日言论出版自由之受干涉，如各
地私人财产之被没收，如近日各地电气工业之被没收，都是以政府

机关的名义执行的。4 月 20 日的命令对于这一方面完全没有给人民什么保障。这岂不是"只许州官放火，不许百姓点灯"吗？

第三，命令中说，"违者即依法严行惩办不贷"，所谓"依法"是依什么法？我们就不知道今日有何种法律可以保障人民的人权。中华民国刑法固然有"妨害自由罪"等章，但种种妨害若以政府或党部名义行之，人民便完全没有保障了。

果然，这道命令颁布不久，上海各报上便发现"反日会的活动是否在此命令范围之内"的讨论。日本文的报纸以为这命令可以包括反日会（改名救国会）的行动；而中文报纸如《时事新报》畏垒先生的社论则以为反日会的行动不受此命令的制裁。

岂但反日会的问题吗？无论什么人，只须贴上"反动分子""土豪劣绅""反革命""共党嫌疑"等等招牌，便都没有人权的保障。身体可以受侮辱，自由可以完全被剥夺，财产可以任意宰制，都不是"非法行为"了。无论什么书报，只须贴上"反动刊物"的字样，都在禁止之列，都不算侵害自由了。无论什么学校，外国人办的只须贴上"文化侵略"字样，中国人办的只须贴上"学阀""反动势力"等等字样，也就都可以封禁没收，都不算非法侵害了。

我们在这种种方面，有什么保障呢？

我且说一件最近的小事，事体虽小，其中含着的意义却很重要。

3 月 26 日上海各报登出一个专电，说上海特别市党部代表陈德征先生在三全大会提出了一个《严厉处置反革命分子案》。此案的大意是责备现有的法院太拘泥证据了，往往使反革命分子容易漏网。陈德征先生提案的办法是：

凡经省党部及特别市党部书面证明为反革命分子者，法院
或其他法定之受理机关应以反革命罪处分之。如不服，得上诉。
惟上级法院或其他上级法定之受理机关，如得中央党部之书面
证明，即当驳斥之。

这就是说，法院对于这种案子，不须审问，只凭党部的一纸证
明，便须定罪处刑。这岂不是根本否认法治了吗？

我那天看了这个提案，有点忍不住，便写了封信给司法院长王
宠惠博士，大意是问他"对于此种提议作何感想"，并且问他"在
世界法制史上，不知在那一世纪那一个文明民族曾经有这样一种办
法，笔之于书，立为制度的吗"？

我认为这个问题是值得大家注意的，故把信稿送给国闻通信社
发表。过了几天，我接得国闻通信社的来信，说：

昨稿已为转送各报，未见刊出，闻已被检查者扣去。兹将
原稿奉还。

我不知道我这封信有什么军事上的重要而竟被检查新闻的人扣
去。这封信是我亲自负责署名的。我不知道一个公民为什么不可以
负责发表对于国家问题的讨论。

但我们对于这种无理的干涉，有什么保障呢？

又如安徽大学的一个学长，因为语言上挺撞了蒋主席，遂被拘
禁了多少天。他的家人朋友只能到处奔走求情，决不能到任何法院
去控告蒋主席。只能求情而不能控诉，这是人治，不是法治。

又如最近唐山罢市的案子，其起原是因为两益成商号的经理杨润普被当地驻军指为收买枪支，拘去拷打监禁。据 4 月 28 日《大公报》的电讯，唐山总商会的代表十二人到一百五十二旅去请求释放，军法官不肯释放。代表等辞出时，正遇兵士提杨润普入内，"时杨之两腿已甚臃肿，并有血迹，周身动转不灵，见代表等则欲哭无泪，语不成声，其凄惨情形，实难尽述"。但总商会及唐山商店八十八家打电报给唐生智，也只能求情而已；求情而无效，也只能相率罢市而已。人权在那里？法治在那里？

我写到这里，又看见 5 月 2 日的《大公报》，唐山全市罢市的结果，杨润普被释放了。"但因受刑过重，已不能行走，遂以门板抬出，未回两益成，直赴中华医院医治。"《大公报》记者亲自去访问，他的记载中说：

> ……见杨润普前后身衣短褂，血迹模糊。衣服均粘于身上，经医生施以手术，始脱下。记者当问被捕后情形，杨答，苦不堪言，曾用旧时惩治盗匪之压杠子，余实不堪其苦。正在疼痛难忍时，压于腿上之木杠忽然折断。旋又易以竹板，周身抽打，移时亦断。时刘连长在旁，主以铁棍代木棍。郑法官恐生意外，未果。此后每讯必打，至今周身是伤。据医生言，杨伤过重，非调养三个月不能复原。

这是人权保障的命令公布后 11 日的实事。国民政府诸公对于此事不知作何感想？

我在上文随便举的几件实事，都可以指出人权的保障和法治的确定决不是一纸模糊命令所能办到的。

法治只是要政府官吏的一切行为都不得逾越法律规定的权限。法治只认得法律，不认得人。在法治之下，国民政府的主席与唐山一百五十二旅的军官都同样的不得逾越法律规定的权限。国民政府主席可以随意拘禁公民，一百五十二旅的军官自然也可以随意拘禁拷打商人了。

但是现在中国的政治行为根本上从没有法律规定的权限，人民的权利自由也从没有法律规定的保障。在这种状态之下，说什么保障人权！说什么确立法治基础！

在今日如果真要保障人权，如果真要确立法治基础，第一件应该制定一个中华民国的宪法。至少，至少，也应该制定所谓训政时期的约法。

孙中山先生当日制定《革命方略》时，他把革命建国事业的措施程序分作三个时期：

第一期为军法之治（三年）。

第二期为约法之治（六年）……"凡军政府对于人民之权利义务，及人民对于军政府之权利义务，悉规定于约法。军政府与地方议会及人民各循守之。有违法者，负其责任。……"

第三期为宪法之治。

《革命方略》成于丙午年（1906），其后续有修订。至民国八年中山先生作《孙文学说》时，他在第六章里再三申说"过渡时期"的重要，很明白地说"在此时期，行约法之治，以训导民人，实行地方自治"。至民国十二年一月，中山先生作《中国革命史》时，第二时期仍名为"过渡时期"，他对于这个时期特别注意。他说：

> 　　第二为过渡时期。在此时期内，施行约法（非现行者），建设地方自治，促进民权发达。以一县为自治单位，每县于散兵驱除战事停止之日，立颁约法，以规定人民之权利义务，与革命政府之统治权。以三年为限，三年期满，则由人民选举其县官。……革命政府之对于此自治团体只能照约法所规定而行其训政之权。

又过了一年之后，当民国十三年四月中山先生起草《建国大纲》时，建设的程序也分作三个时期，第二期为"训政时期"。但他在《建国大纲》里不曾提起训政时期的"约法"，又不曾提起训政时期的年限，不幸一年之后他就死了，后来的人只读他的建国大纲，而不研究这"三期"说的历史，遂以为训政时期可以无限地延长，又可以不用约法之治，这是大错的。

中山先生的《建国大纲》虽没有明说"约法"，但我们研究他民国十三年以前的言论，可以知道他决不会相信统治这样一个大国可以不用一个根本大法的。况且《建国大纲》里遗漏的东西多着哩。如廿一条说"宪法未颁布以前，各院长皆归总统任免"，是训政时期有"总统"，而全篇中不说总统如何产生。又如民国十三年一月国民党第一次代表大会宣言已有"以党为掌握政权之中枢"的话，而是年四月十二中山先生草定《建国大纲》全文廿五条中没有一句话提到一党专政的。这都可见《建国大纲》不过是中山先生一时想到的一个方案，并不是应有尽有的，也不是应无尽无的。

《大纲》所有，早已因时势而改动了（如十九条五院之设立在宪政开始时期，而去年已设立五院了）。《大纲》所无，又何妨因时势的需要而设立呢?

　　我们今日需要一个约法，需要中山先生说的"规定人民之权利义务与革命政府之统治权"的一个约法。我们要一个约法来规定政府的权限：过此权限，便是"非法行为"。我们要一个约法来规定人民的"身体，自由，及财产"的保障：有侵犯这法定的人权的，无论是一百五十二旅的连长或国民政府的主席，人民都可以控告，都得受法律的制裁。

　　我们的口号是：

　　快快制定约法以确定法治基础!

　　快快制定约法以保障人权!

十八、五、六

　　（原载 1929 年 4 月 10 日《新月》第 2 卷第 2 号，此号实际延期出版）

个人自由与社会进步

——再谈五四运动

5月5日《大公报》的星期论文是张熙若先生的《国民人格之修养》。这篇文字也是纪念"五四"的，我读了很受感动，所以转载在这一期。我读了张先生的文章，也有一些感想，写在这里作今年五四纪念的尾声。

这年头是"五四运动"最不时髦的年头。前天五四，除了北京大学依惯例还承认这个北大纪念日之外，全国的人都不注意这个日子了。张熙若先生"雪中送炭"的文章使人颇吃一惊。他是政治哲学的教授，说话不离本行，他指出五四运动的意义是思想解放，思想解放使得个人解放，个人解放产出的政治哲学是所谓个人主义的政治哲学。他充分承认个人主义在理论上和事实上都有缺点和流弊，尤其在经济方面。但他指出个人主义自有它的优点：最基本的是它承认个人是一切社会组织的来源。他又指出个人主义的政治理论的神髓是承认个人的思想自由和言论自由。他说：

> 个人主义在理论上及事实上都有许多缺陷和流弊，但以个人的良心为判断政治上是非之最终标准，却毫无疑义是它的最大优点，是它的最高价值。……至少，他还有养成忠诚勇敢的

人格的用处。此种人格在任何政制下（除过与此种人格根本冲突的政制）都是有无上价值的，都应该大量的培养的。……今日若能多多培养此种人才，国事不怕没有人担负。救国是一种伟大的事业，伟大的事业惟有有伟大人格者才能胜任。

张先生的这段议论，我大致赞同。他把"五四运动"一个名词包括"五四"（民国八年）前后的新思潮运动，所以他的文章里有"民国六七年的五四运动"一句话。这是五四运动的广义，我们也不妨沿用这个广义的说法。张先生所谓"个人主义"，其实就是"自由主义"（Liberalism）。我们在民国八九年之间，就感觉到当时的"新思潮"、"新文化"、"新生活"有仔细说明意义的必要。无疑的，民国六七年北京大学所提倡的新运动，无论形式上如何五花八门，意义上只是思想的解放与个人的解放。蔡元培先生在民国元年就提出"循思想自由言论自由之公例，不以一流派之哲学一宗门之教义梏其心"的原则了。他后来办北京大学，主张思想自由、学术独立、百家平等。在北京大学里，辜鸿铭、刘师培、黄侃和陈独秀、钱玄同等同时教书讲学。别人颇以为奇怪，蔡先生只说："此思想自由之通则，而大学之所以为大也。"（《言行录》页二二九）这样百家平等，最可以引起青年人的思想解放。我们在当时提倡的思想，当然很显出个人主义的色彩。但我们当时曾引杜威先生的话，指出个人主义有两种：

（1）假的个人主义就是为我主义（Egoism），他的性质是只顾自己的利益，不管群众的利益。

（2）真的个人主义就是个性主义（Individuality），他的特性有两种：一、是独立思想，不肯把别人的耳朵当耳朵，不肯把别人的眼睛当眼睛，不肯把别人的脑力当自己的脑力。二、是个人对于自己思想信仰的结果要负完全责任，不怕权威，不怕监禁杀身，只认得真理，不认得个人的利害。

这后一种就是我们当时提倡的"健全的个人主义"。我们当日介绍易卜生（Ibsen）的著作，也正是因为易卜生的思想最可以代表那种健全的个人主义。这种思想有两个中心见解：第一是充分发展个人的才能，就是易卜生说的："你要想有益于社会，最好的法子莫如把你自己这块材料铸造成器。"第二是要造成自由独立的人格，像易卜生的《国民公敌》戏剧里的斯铎曼医生那样"贫贱不能移，富贵不能淫，威武不能屈"。这就是张熙若先生说的"养成忠诚勇敢的人格"。

近几年来，五四运动颇受一班论者的批评，也正是为了这种个人主义的人生观。平心说来，这种批评是不公道的，是根据于一种误解的。他们说个人主义的人生观是资本主义社会的人生观。这是滥用名词的大笑话。难道在社会主义的国家里就可以不用充分发展个人的才能了吗？难道社会主义的国家里就用不着有独立自由思想的个人了吗？难道当时辛苦奋斗创立社会主义共产主义的志士仁人都是资本主义社会的奴才吗？我们试看苏俄现在怎样用种种方法来提倡个人的努力（参看《独立》第一二九号西滢的《苏俄的青年》，和蒋廷黻的《苏俄的英雄》），就可以明白这种人生观不是资本主义社会所独有的了。

　　还有一些人嘲笑这种个人主义，笑它是十九世纪维多利亚时代的过时思想。这种人根本就不懂得维多利亚时代是多么光华灿烂的一个伟大时代。马克思、恩格斯，都生死在这个时代里，都是这个时代的自由思想独立精神的产儿。他们都是终身为自由奋斗的人。我们去维多利亚时代还老远哩。我们如何配嘲笑维多利亚时代呢！

　　所以我完全赞同张熙若先生说的"这种忠诚勇敢的人格在任何政制下都是有无上价值的，都应该大量的培养的"。因为这种人格是社会进步的最大动力。欧洲十八九世纪的个人主义造出了无数爱自由过于面包，爱真理过于生命的特立独行之士，方才有今日的文明世界。我们现在看见苏俄的压迫个人自由思想，但我们应该想想，当日在西伯利亚冰天雪地里受监禁拘囚的十万革命志士，是不是新俄国的先锋？我们到莫斯科去看了那个很感动人的"革命博物馆"，尤其是其中展览列宁一生革命历史的部分，我们不能不深信：一个新社会、新国家，总是一些爱自由爱真理的人造成的，决不是一班奴才造成的。

　　张熙若先生很大胆的把五四运动和民国十五六年的国民革命运动相提并论，并且很大胆的说这两个运动走的方向是相同的。这种议论在今日必定要受不少的批评，因为有许多人决不肯承认这个看法。平心说来，张先生的看法也不能说是完全正确。民国十五六年的国民革命运动至少有两点是和民国六七八年的新运动不同的：一是苏俄输入的党纪律，一是那几年的极端民族主义。苏俄输入的铁纪律含有绝大的"不容忍"（Intoleration）的态度，不容许异己的思想，这种态度是和我们在五四前后提倡的自由主义很相反的。民国十六年的国共分离，在历史上看来，可以说是国民党对于这种不容异己的专制态度的反抗。可惜清党以来，六七年中，这种"不容忍"的态度养成的专制习惯还存在不少人的身上。刚推翻了布尔什维克的不容异己，又学会了法西斯蒂的不容异己，这是很不幸的事。

"五四"运动虽然是一个很纯粹的爱国运动，但当时的文艺思想运动却不是狭义的民族主义运动。蔡元培先生的教育主张是显然带有"世界观"的色彩（《言行录》一九七页）。《新青年》的同人也都很严厉的批评指斥中国旧文化。其实孙中山先生也是抱着大同主义的，他是信仰"天下为公"的理想的。但中山先生晚年屡次说起鲍洛庭同志劝他特别注重民族主义的策略，而民国十四五年的远东局势，又逼我们中国人不得不走上民族主义的路。十四年到十六年的国民革命的大胜利，不能不说是民族主义的旗帜的大成功。可是民族主义有三个方面：最浅的是排外，其次是拥护本国固有的文化，最高又最艰难的是努力建立一个民族的国家。因为最后一步是最艰难的，所以一切民族主义运动往往最容易先走上前面的两步。济南惨案以后，九一八以后，极端的叫嚣的排外主义稍稍减低了，然而拥护旧文化的喊声又四面八方的热闹起来了。这里面容易包藏守旧开倒车的趋势，所以也是很不幸的。

在这两点上，我们可以说，民国十五六年的国民革命运动，是不完全和五四运动同一个方向的。但就大体上说，张熙若先生的看法也有不小的正确性。孙中山先生是受了很深的安格鲁撒逊民族的自由主义的影响的，他无疑的是民治主义的信徒，又是大同主义的信徒。他一生奋斗的历史都可以证明他是一个爱自由爱独立的理想主义者。我们看他在民国九年一月《与海外同志书》（引见上期《独立》）里那样赞扬五四运动，那样承认"思想之转变"为革命成功的条件；我们更看他在民国十三年改组国民党时那样容纳异己思想的宽大精神，——我们不能不承认，至少孙中山先生理想中的国民革命是和五四运动走同一方向的。因为中山先生相信"革命之成功必有赖于思想之转变"，所以他能承认五四运动前后的"新文化运动实为最有价值的事"。思想的转变是在思想自由言论自由的条件之下个人不断的努力的产儿。个人没有自由，思想又何从转变，社会又何从进步，革命又何从成功？

二十四、五、六

（原载 1935 年 5 月 12 日《独立评论》第 150 号）

容忍与自由

十七八年前，我最后一次会见我的母校康耐儿大学的史学大师布尔先生（George Lincoln Burr）。我们谈到英国史学大师阿克顿（Lord Acton）一生准备要著作一部《自由之史》，没有写成他就死了。布尔先生那天谈话很多，有一句话我至今没有忘记。他说，"我年纪越大，越感觉到容忍（tolerance）比自由更重要"。

布尔先生死了十多年了，他这句话我越想越觉得是一句不可磨灭的格言。我自己也有"年纪越大，越觉得容忍比自由还更重要"的感想。有时我竟觉得容忍是一切自由的根本：没有容忍，就没有自由！

我十七岁的时候（1908）曾在《竞业旬报》上发表几条《无鬼丛话》，其中有一条是痛骂小说《西游记》和《封神榜》的，我说：

> 《王制》有之："假于鬼神时日卜筮以疑众，杀。"吾独怪夫数千年来之排治权者，之以济世明道自期者，乃懵然不之注意，惑世诬民之学说得以大行，遂举我神州民族投诸极黑暗之世界！

这是一个小孩子很不容忍的"卫道"态度。我在那时候已是一个无鬼论者、无神论者，所以发出那种摧除迷信的狂论，要实行《王制》（《礼记》的一篇）的"假于鬼神时日卜筮以疑众，杀"的一条经典！

我在那时候当然没有梦想到说这话的小孩子在十五年后（1923）会很热心的给《西游记》作两万字的考证！我在那时候当然更没有想到那个小孩子在二三十年后还时时留心搜求可以考证《封神榜》的作者的材料！我在那时候也完全没有想想《王制》那句话的历史意义。那一段《王制》的全文是这样的：

> 析言破律，乱名改作，执左道以乱政，杀。作淫声异服奇技奇器以疑众，杀。行伪而坚，言伪而辩，学非而博，顺非而泽以疑众，杀。假于鬼神时日卜筮以疑众，杀。此四诛者，不以听。

我在五十年前，完全没有懂得这一段话的"诛"正是中国专制政体之下禁止新思想、新学术、新信仰、新艺术的经典的根据。我在那时候抱着"破除迷信"的热心，所以拥护那"四诛"之中的第四诛："假于鬼神时日卜筮以疑众，杀。"我当时完全没有想到第四诛的"假于鬼神……以疑众"和第一诛的"执左道以乱政"的两条罪名都可以用来摧残宗教信仰的自由。我当时也完全没有注意到郑玄注里用了公输般作"奇技异器"的例子；更没有注意到孔颖达《正义》里举了"孔子为鲁司寇七日而诛少正卯"的例子来解释"行伪而坚，言伪而辩，学非而博，顺非而泽以疑众，杀"。故第二诛可以用来禁绝艺术创作的自由，也可以用来"杀"许多发明"奇技异器"

的科学家。故第三诛可以用来摧残思想的自由，言论的自由，著作出版的自由。

我在五十年前引用《王制》第四诛，要"杀"《西游记》《封神榜》的作者。那时候我当然没有梦想到十年之后我在北京大学教书时就有一些同样"卫道"的正人君子也想引用《王制》的第三诛，要"杀"我和我的朋友们。当年我要"杀"人，后来人要"杀"我，动机是一样的：都只因为动了一点正义的火气，就都失掉容忍的度量了。

我自己叙述五十年前主张"假于鬼神时日卜筮以疑众，杀"的故事，为的是要说明我年纪越大，越觉得"容忍"比"自由"还更重要。

我到今天还是一个无神论者，我不信有一个有意志的神，我也不信灵魂不朽的说法。但我的无神论和共产党的无神论有一点最根本的不同。我能够容忍一切信仰有神的宗教，也能够容忍一切诚心信仰宗教的人。共产党自己主张无神论，就要消灭一切有神的信仰，要禁绝一切信仰有神的宗教，——这就是我五十年前幼稚而又狂妄的不容忍的态度了。

我自己总觉得，这个国家、这个社会、这个世界，绝大多数人是信神的，居然能有这雅量，能容忍我的无神论，能容忍我这个不信神也不信灵魂不灭的人，能容忍我在国内和国外自由发表我的无神论的思想，从没有人因此用石头掷我，把我关在监狱里，或把我捆在柴堆上用火烧死。我在这个世界里居然享受了四十多年的容忍与自由。我觉得这个国家、这个社会、这个世界对我的容忍度量是可爱的，是可以感激的。

所以我自己总觉得我应该用容忍的态度来报答社会对我的容忍。所以我自己不信神，但我能诚心的谅解一切信神的人，也能诚心的容忍并且敬重一切信仰有神的宗教。

我要用容忍的态度来报答社会对我的容忍，因为我年纪越大，我越觉得容忍的重要意义。若社会没有这点容忍的气度，我决不能享受四十多年大胆怀疑的自由，公开主张无神论的自由了。

在宗教自由史上，在思想自由史上，在政治自由史上，我们都可以看见容忍的态度是最难得，最稀有的态度。人类的习惯总是喜同而恶异的，总不喜欢和自己不同的信仰、思想、行为。这就是不容忍的根源。不容忍只是不能容忍和我自己不同的新思想和新信仰。一个宗教团体总相信自己的宗教信仰是对的，是不会错的，所以它总相信那些和自己不同的宗教信仰必定是错的，必定是异端、邪教。一个政治团体总相信自己的政治主张是对的，是不会错的，所以它总相信那些和自己不同的政治见解必定是错的，必定是敌人。

一切对异端的迫害，一切对"异己"的摧残，一切宗教自由的禁止，一切思想言论的被压迫，都由于这一点深信自己是不会错的心理。因为深信自己是不会错的，所以不能容忍任何和自己不同的思想信仰了。

试看欧洲的宗教革新运动的历史。马丁路德（Martin Luther）和约翰高尔文（John Calvin）等人起来革新宗教，本来是因为他们不满意于罗马旧教的种种不容忍，种种不自由。但是新教在中欧北欧胜利之后，新教的领袖们又都渐渐走上了不容忍的路上去，也不容许别人起来批评他们的新教条了。高尔文在日内瓦掌握了宗教大权，居然会把一个敢独立思想，敢批评高尔文的教条的学者塞维图斯（Servetus）定了"异端邪说"的罪名，把他用铁链锁在木桩上，堆起柴来，慢慢的活活烧死。这是 1553 年 10 月 23 日的事。

这个殉道者塞维图斯的惨史，最值得人们的追念和反省。宗教革新运动原来的目标是要争取"基督教的人的自由"和"良心的自由"。何以高尔文和他的信徒们居然会把一位独立思想的新教徒用慢慢的火烧死呢？何以高尔文的门徒（后来继任高尔文为日内瓦的宗教独裁者）柏时（de Beze）竟会宣言"良心的自由是魔鬼的教条"呢？

基本的原因还是那一点深信我自己是"不会错的"的心理。像高尔文那样虔诚的宗教改革家，他自己深信他的良心确是代表上帝的命令，他的口和他的笔确是代表上帝的意志，那么他的意见还会错吗？他还有错误的可能吗？在塞维图斯被烧死之后，高尔文曾受到不少人的批评。1554 年，高尔文发表一篇文字为他自己辩护，他毫不迟疑的说，"严厉惩治邪说者的权威是无可疑的，因为这就是上帝自己说话。……这工作是为上帝的光荣战斗"。

上帝自己说话，还会错吗？为上帝的光荣作战，还会错吗？这一点"我不会错"的心理，就是一切不容忍的根苗。深信我自己的信念没有错误的可能（infallible），我的意见就是"正义"，反对我的人当然都是"邪说"了。我的意见代表上帝的意旨，反对我的人的意见当然都是"魔鬼的教条"了。

这是宗教自由史给我们的教训：容忍是一切自由的根本；没有容忍"异己"的雅量，就不会承认"异己"的宗教信仰可以享自由。

但因为不容忍的态度是基于"我的信念不会错"的心理习惯，所以容忍"异己"是最难得，最不容易养成的雅量。

在政治思想上，在社会问题的讨论上，我们同样的感觉到不容忍是常见的，而容忍总是很稀有的，我试举一个死了的老朋友的故事作例子。四十多年前，我们在《新青年》杂志上开始提倡白话文学的运动，我曾从美国寄信给陈独秀，我说：

> 此事之是非，非一朝一夕所能定，亦非一二人所能定。甚愿国中人士能平心静气与吾辈同力研究此问题。讨论既熟，是非自明。吾辈已张革命之旗，虽不容退缩，然亦决不敢以吾辈所主张为必是而不容他人之匡正也。

独秀在《新青年》上答我道：

> 鄙意容纳异议，自由讨论，固为学术发达之原则，独于改良中国文学当以白话为正宗之说，其是非甚明，必不容反对者有讨论之余地；必以吾辈所主张者为绝对之是，而不容他人之匡正也。

我当时看了就觉得这是很武断的态度。现在在四十多年之后，我还忘不了独秀这一句话，我还觉得这种"必以吾辈所主张者为绝对之是"的态度是很不容忍的态度，是最容易引起别人的恶感，是最容易引起反对的。

我曾说过，我应该用容忍的态度来报答社会对我的容忍。我现在常常想我们还得戒律自己：我们若想别人容忍谅解我们的见解，我们必须先养成能够容忍谅解别人的见解的度量。至少我们应该戒约自己决不可"以吾辈所主张者为绝对之是"。我们受过实验主义的训练的人，本来就不承认有"绝对之是"，更不可以"以吾辈所主张者为绝对之是"。

四八、三、十二晨

（原载 1959 年 3 月 16 日台北《自由中国》第 20 卷第 6 期）

附录一

《中华民族的人格》序

张菊生先生在三年前编了一个小册子，收集了八篇短记载，叙述十来个古代人物的事迹。这些人，"有的是为尽职，有的是为知耻，有的是为报恩，有的是为复仇，归根结果，都做到杀身成仁"。张先生把这小册子题作《中华民族的人格》。张先生说："只要谨守着我们先民的榜样，保全着我们固有的精神，我中华民族不怕没有复兴的一日！"

张先生爱国忧国的深心，是我最佩服的。我也相信"榜样"的功效远过于空言。我做小孩子的时候，读朱子的《小学》，最喜欢那些记载古人的嘉言懿行的部分，其中很有一些故事——如汲黯、如陶渊明、如高允、如范文正公、如司马温公、如吕正献公——我到现在（四十五年了）还忘不了。这些古人的风度，不知不觉的，影响了我一生。

八年前，我病在协和医院里，我的特别护士湖南王伯琨女士是中国女子最早学看护的一个。有一天，王女士对我说，她在一本女子小学国文教科书里，读到一课南丁格尔（Florence Nightingale）的小传，很受感动，就决定到湘雅医院去学看护。短短的一课南丁格尔就定规了一个女人的终身事业，这真是传记文学的大用处了。

所以我也很赞成张菊生先生用"先民的榜样"做我们的"人格教育"的材料。

但是我读了张先生的小册子，也有点小小意见，不敢不写出来请他指教。张先生收集的八篇，都是二千一百年前的故事，其中人物大都是封建时代的"食客"、"养士"，其行事大都是报仇雪耻。这个时代过去太久了，少年的读者恐怕不能完全明了这些故事的时代意义。譬如聂政的故事，现代读者就不能不先问问韩相侠累是不是犯了该杀的罪过，也不能不先问问严仲子的仇是不是值得报的。单单一句"士为知己者用"，已经不能叫现代人心服了。又如荆轲的故事，有些现代读者也许要感觉田光、太子丹、荆轲一班人都未免把国家大事看作儿戏一样了；有些读者也许要说，这不过是一篇有力而不近情理的想象小说罢了。

所以我颇希望张先生在这些古代故事之外，另选一些汉以后的中国模范人物的故事；时代比较近些，使读者感觉更真实，更亲切；事迹不限于杀身报仇，要注重一些有风骨、有肩膀，挑得起天下国家重担子的人物。故选荆轲不如选张良，选张良又不如选张释之、汲黯。何以呢？因为荆轲传是小说，留侯世家是历史夹杂着传说，而张释之、汲黯是真实的历史人物。荆轲是封建时代的"死士"、"刺客"，张良是打倒秦帝国的成功革命家，而张释之、汲黯是统一帝国建设时代的模范人物。张释之、汲黯虽然不曾"杀身成仁"，他们都够得上"富贵不能淫，贫贱不能移，威武不能屈"的风范。中华民族二千多年的统一建国事业所以能有些成就，所以能留下些积极规模，全靠每个时代有每个时代的张释之、汲黯做台柱子。这里面很少聂政、荆轲的贡献。

如果张先生觉得我这个小意见值得考虑，我很想开一个名单做他的新书的第一次拟目。海外没有多少线装书可以帮助记忆力，但我想，下面开的这些人，大多数总可以得张先生的同意罢？

汉：张释之、汲黯

后汉：光武皇帝、邓禹、马援

三国：诸葛亮

晋：杜预、陶侃

唐：太宗文皇帝、魏征、杜甫、陆贽

宋：范仲淹、王安石、岳飞、文天祥

明：刘基、方孝孺、王守仁、张居正

清：顾炎武、颜元、曾国藩

这二十多人，包括那"杀身成仁"的岳飞、文天祥在内，都是积极的，有斤两的大人物；都有很可爱，很可敬的风度；都可以做为中华民族的榜样人物。

胡适　民国二十九年八月十八日于华盛顿

（收入傅安明：《一篇从未发表过的遗稿》，载1987年3月1日台北《传记文学》第50卷第3期）

研究社会问题的方法

　　研究社会，当然和研究社会学的方法有关系。但这两种方法有不同的地方。就是社会学所研究的是社会状况；社会问题是研究个人生活状况。社会学是科学的，是普遍的；社会问题是地方的，是特别的。研究这两样的倾向既然不同，那研究的方法也该有区别。

　　再者，社会学的目的有两样：第一，要知道人类的共同生活究竟是什么样子。在社会里头，能不能把人类社会的普通道理找出来。第二，如果社会里的风俗习惯发生病的状态，应当用什么方法去补救。研究这两个问题，是社会学的目的。但我们研究社会问题，和他有一点不同。因为社会问题是特别的，是一国的，是地方的缘故。社会问题是怎样发生的呢？我们知道要等到社会里某种制度有了毛病，问题才能发生出来。如果没有毛病，就不会发生什么问题。好像走路、呼吸、饮食等等事体，平时不会发生问题，因为身体这时没有病的缘故。到了饮食不消化或呼吸不顺利的时候，那就是有病了。那就成为问题了。

　　中国有子孝妇顺的礼教，行了几千年，没有什么变迁。这是因为当时做儿子的和做媳妇的，对于孝顺的制度没有怀疑，所以不成问题。到现在的时候，做儿子的对于父母，做丈夫的对于妻子，做妻子的对于丈夫等等的礼法，都起了疑心。这一疑就是表明那些制度有点不适用，就是承认那些制度已经有了毛病。

要我们承认某种制度有了毛病，才能成为社会问题，才有研究的必要。我说研究社会问题，应当有四个目的。现在就用治病的方法来形容：第一，要知道病在什么地方。第二，病是怎样起的，他的原因在那里。第三，已经知道病在那里，就得开方给他，还要知某种药材的性质，能治什么病。第四，怎样用药。若是那病人身体太弱，就要想个用药的方法；是打针呢？是下补药呢？若是下药，是饭前呢？是饭后呢？是每天一次是每天两次呢？医生医治病人，短不了这四步。研究社会问题的人，也是这样。现在所用的比喻是医生治病，所以说的都是医术的名词。各位可别误会，在未入本题之前，我们须要避掉两件事：

（一）须避掉偏僻的成见　我们研究一种问题，最要紧的就是把成见除掉。不然，就会受它的障碍。比方一个病人跑到医生那里，对医生说："我这病或者是昨天到火神庙里去，在那里中了邪，或是早晨吃了两个生鸡蛋，然后不舒服。"如果那个医生是精明的，他必不听这病人的话。他先要看看脉，试试温度，验大小便，分析血液，然后下个诊断。他的工夫是从事实上下手，他不管那病人所说中了什么邪，或是吃了什么东西，只是一味虚心地去检验。我们便做社会的医生也是如此。

平常人对于种种事体，往往存着一种成见。比方娼妓问题和纳妾问题，我们对于他们，都存着一种道德的或宗教的成见，所以得不着其中的真相。真相既不能得着，那解决的方法也就无从下手了。

所以我们对于娼妓的生涯，是道德是不道德，先别管他；只要从事实上把他分析的明明白白，不要靠着成见。我们要研究他与社会的经济，家庭的生计，工厂的组织等等现象，有什么关系。比方研究北京的娼妓问题，就得知道北京有什么工厂，工厂的组织是怎样的；南北的娼妓从那里来，与生计问题有什么关系，与南方的工厂有什么关系；千万不要当他做道德的问题，要把这种成见除掉，再从各种组织做人手研究的工夫。

（二）须除掉抽象的方法　我们研究一种问题，若是没有具体的方法，就永远没有解决的日子。在医书里头，有一部叫做《汤头歌诀》，乡下人把他背熟了，就可以挂起牌来做医生；他只知道某汤头是去暑的，某汤头是补益的，某汤头是温，某汤头是寒；病人的病理，他是一概不知道。这种背熟几只歌诀来行医的医生，自然比那看脉、检温、验便、查血的医生忽略得多；要盼望他能够得着同样的效验，是不可能的。

研究社会问题的人，有时也犯了背歌诀的毛病。我们再拿娼妓问题来说，有些人不去研究以上所说种种的关系，专去说什么道德啦，妇女解放啦，社交公开啦，经济独立啦；要知道这些都和汤头歌歌诀一样，虽然天天把他们挂在嘴里，于事实上是毫无补益的；不但毫无补益，且能教我们把所有的事实忽略过去。所以我说，第二样要把抽象的方法除掉。

已经知道避掉这两件事情，我就要说到问题的身上，我已经把研究社会问题的方法分做四步，现在就照着次序讲下去。

一、病在什么地方

社会的组织非常复杂，必定要找一个下手研究的地方；不然，所研究的就没有头绪；也得不着什么效果。所以我们在调查以前，应当做四步工夫，才能够得着病的所在。

第一步分析问题　我们遇着一个问题，就要把他分析清楚，然后检查他的毛病。比方纳妾问题，分析出来，至少也有两种：一种是兽欲的，基于这种动机而纳妾的人，社会上稍有道德观念的，都不承认他是对的。一种是承嗣的，这是因为要有后嗣才去纳妾。自然和那兽欲的有分别。再从细里分析，兽欲的纳妾的原因，大概是在那里，他与财产制度、奢侈习惯、娼妓制度等等有什么关系。研究第一种的纳妾，在这些问题上，都要下工夫去研究，才能够明白。说到第二种的纳妾呢，我们就不能和以前一例的看。有许多道学先生，到了四十多岁还没有儿子，那时候朋友劝他纳妾，兄弟也劝他，甚至自己的妻子也劝他，若是妻子因为丈夫要纳妾承嗣的话，就起来反对，人家必要说这做妻子的不贤慧。这样看来，第二种的纳妾是很堂皇的。我们对于这个问题，要研究中国的宗教；人为什么一定要有后，为什么要男子才算是后，女子就不算数，要有男子才算有后；在道德上和宗教上有什么根据，他的结果怎样呢，他有什么效果，是不是有存在的理由；这些问题，都和兽欲纳妾问题不同，是研究的人所当注意的。

再举一个例，娼妓制度，决不是用四个字就可以把他概括起来的。我们亦把他的种类分析起来，就知有公娼、私娼的分别。公娼是纳税公开的，他们在警察厅权限底下，可以自由营业；私娼是不受警察厅保护的，他们要秘密地营业。从娼妓的内容说，还有高等和下等的分别；从最高等到最下等的娼妓，研究起来，还可以分析，这种分析非常有用，切不可忽略过去。从卖淫的心理考察，也可以分出好几种，有一种是全由于兽欲的，他受了身体上或精神上的影响，所以去做卖淫的生活。但是从日本的娼妓研究下去，就知其中不全是如此。日本的娼妓，在他们的社会里头，早就成为一种特别的阶级。他们的卖淫，并不根据于兽欲，是以这事为一种娱乐；兽欲与娱乐是两样事体，所以研究的方法也不能一样。

第二步观察和调查　分析的工夫若是做完，我们就可以从事于问题的观察和调查。观察和调查的方法很多，我可以举出几条来给各位参考。

我们知道社会问题不是独立的。他有两种性质：一种是社会的，是成法的，非个人的。比方纳妾问题，决不是一两个人能够做成，乃是根于社会制度或祖宗成法而来。一种是个人的，社会问题的发生，虽不在乎个人，然而社会是由个人组成的，他与个人自然有关系。因着这两种性质，我就说研究社会问题有两方面：一方面是内包，一方面是外延；我们要从这两方面研究。所以调查的工夫，越精密越好。我们拿北京的车夫来说，他会发生问题，也许与上海广东有关系，也许与几千年前圣贤的话有关系；你去问他们的境况，虽然是十分紧要，若是能够更进一步，就得向各方面去调查。

西洋现行的观察和调查的方法，总起来可以分做三样：

（一）统计的工夫，是国家的。他的方法，是派人分头向各区去调查，凡出入款、生死率、教育状况等等的事体，都要仔细地调查清楚，为的是可以比较。

（二）社会测量（Social measured values）。研究社会问题的人测量社会，要像工程师测量土地一样。我们要选定一个区域，其中各方面的事体，像人口、宗教、生计、道德、家庭、卫生、生死等等，都要测量过，然后将所得的结果，来做一个详细的报告。

三十年前，英国有一位蒲斯专做这种社会测量的工夫。他花了好些金钱，才把伦敦的社会状况调查清楚。但三十年前的调查方法，不完全的地方很多，不必说的，此后有人把他的工作继续下去，很觉得有点进步；近来美国也仿行起来了。社会测量的方法，在中国也可以仿行。好像天津，好像唐山，都可以指定他们来做一个测量的区域。我们要明白在一区里头种种事体，才可以想法子去补救他。因为社会问题过于要紧，过于复杂，决不能因着一家人的情形，就可以知道全体的。现在研究社会问题的人，大毛病就是把调查的工夫忽略了。要是忽略调查的工夫，整天空说"妇女解放"、"财产废除"、"教育平等"，到底有什么用处，有什么效果。

（三）综合用统计学的方法。把所得的材料，综合起来做统计书，或把他们画在图表上头。统计的好处，是在指明地方和时间，教我们能够下比较的工夫。他不但将所有的事实画在格里，还在底下解释他们的关系和结果。我们打开图表一看，就知道某两线是常在一处的，某线常比其他的线高，某线常比其他的线低，我们将没有关系的线，先搁在一边，专研究那有关系的，常在一处的。到我们得着解释的时候，那病的地方就不难知道啦。

我前次到山西去，看见学校行一种"自省"的制度。督军每日里派人到各学校去，监察学生自省和诵读圣书。我觉得奇怪，就向人打听一下，原来这制度是从前在军营里行的。军营里因为有了这自省的方法，就把花柳病减少到百分之六十。督军看见这个结果好，就把他用到学校去。我说这事有点错误，因为只靠花柳病减少的事实，就归功在自省上头，这样的判断是不准的。我们要看一看山西的教育在这几年的进行如何，太原的生活程度是不是高了，医术是不是进步了。这几方面，都应当用工夫去研究一下，看他们和军人的行为有什么关系，有什么影响。要是不明白种种的关系，只说是自省的功夫，恐怕这种判断有些不对。而且宜于军人的，未必宜于学生，若冒昧了，一定很危险。据传说食指动就有东西吃，食指动和有东西吃，本来没有关系，因为食指动是没有意识的。若在食指动以后，果然有东西吃，就把这两件事联起来做一个因果，那是不对的。我们对于原因结果的判断，一定要用逻辑的方法，要合乎逻辑的判断。那事实的真原因，才能够得着。所以我们研究社会问题，要用逻辑的方法，才能够知道病的确在什么地方，和生病的原因在那里。不然，所做的工夫，不但无功，而且很危险，这是应当注意的。

二、病怎样起

我们把病的地方查出来以后，就要做第二步的工夫，就是要考察那病的来源。社会的病的来源，可以分做两面看：一方面是纵的，一方面是横的：可以说一方面是历史的，一方面是地理的；一方面是时间的，一方面是空间的。社会上各种制度，不是和时间有关系，就是和空间有关系，或是对于两方面都有关系。所以研究社会问题，最要紧的是不要把这两面忽略过去。

先从空间的关系说罢，我们拿北京的娼妓来研究，就知道他和中国各处都有关系。我们要用第一步的方法，研究那些娼妓的来路，和那地方所以供给娼妓的缘故。还有本地的娼妓，多半是旗人当的。我们对于这事，就要研究北京的旗人，他们受了什么影响，致使一部分的人堕落。又要研究他们多半当私娼的，由男子方面说，他们为什么专下南方去贩女人上来，为什么不上别处去，他们为什么要在这里开娼寮？这些问题是时空的关系，我们都应当研究的。我再具体举一个例来，说南妓从前多半由苏州来，现在就从上海来，这是什么缘故呢？我们应当考究上海和苏州的光景怎样变迁，上海女工的境遇如何，他们在纱厂里做工，一天赚几十个铜元，若是女孩子，还赚不上十个。因为这个缘故，就有些人宁愿把女儿卖给人或是典给人，也不教他们到工厂里去做工。从北京这方面说，在旗人的社会里，一部分的人会堕落到一个卖淫的地步，也许是他们的生活状况变迁，也许北京现有的职业不合他们做，这两个例就是横的、地理的、空间的关系，要把他们看清楚才好。

　　社会问题，在时间上的关系，也是很重要的。时间的关系是什么呢？比方承嗣的纳妾问题，就是一种纵的、历史的、时间的关系。古代的贵族很重嫡子，因为基业相传的关系，无论如何，嫡子一派是不能断的，大宗是不能断的。但事实上不能个个嫡子都有后，所以要想法子把他接续下去。有人想，若是没有宗子的时候，有了庶子，也比无后强得多，这就是纳妾制度的起因。到后来贵族的阶级消灭，一般人对于后嗣的观念仍然存在。如果没有儿子，就得纳妾，为的是不让支脉断绝了。所以我说为有后而纳妾，是历史的关系。知道这个，才可以研究。孔子说得好："臣弑其君，子弑其父，非一朝一夕之故，其所由来者渐矣。"这几句话，就是指明凡事都有一种历史的原因。所以对于问题，不要把他的历史的、纵的、时间的关系，忽略过去。

我再举一个例，办丧事的靡费，大概各位都承认是不对的。从前我住在竹竿巷的时候，在我们邻近有一所洗衣服的人家，也曾给我们洗衣服，所赚的钱是很少很少的；但是到他办丧事的时候，也免不了靡费。中国人办丧事要靡费，因为那是一种大礼。所以要从丧礼的历史去研究，才能得着其中的真相。

原来古代的丧服制度，有好几等。有行礼的，有不行礼的。第一等的人，可以哭好几天，不必做什么事；因为所有的事情，都有人替他办理，所以他整天躺着，哀至就哭，哭到要用人扶才站起来。所谓"百官备，百物具，不言而事行者，扶而起"。就是说这一等的丧礼，要行这样礼，不是皇帝诸侯就不能办得到。次一等的呢？有好些事体都要差人去办，所以自己要出主意，哭的时间也就少了，起来的时候，只用杖就可以，再不必用人去扶。所谓"言而后事行者，杖而起"，就是指着这一类说的。古代的大夫、士，都是行这样的礼。下等的人，所有的事都要自己去做，可以不必行礼，只要不洗脸就够了。所以说"身自执事而后行者，面垢而已。"这几等的制度，都是为古代的人而设的，所谓"礼不下庶人，刑不上大夫"。就是表明古礼尽为"士"以上的人而作，小百姓不必讲究。后来贵族阶级打破了，这种守礼的观念还留住，并且行到小百姓身上去。

现在中国一般人所行的丧礼，都是随着"四民之首"的"士"。他们守礼，本来没有"扶而后能起，扶而后能行"的光景，为行礼就存着一个形式，走路走得很稳，还要用杖。古时的丧服，本来不缝，现在的人，只在底下铰开一点，这都是表明从前的帝王、诸侯、大夫、士所行的真礼，一到小百姓用的时候，就变成假的。所以我们从历史方面去研究丧礼，就知道某礼节从前可以行，现在可以不必行，从前行了有意思，现在就没有意思。我们从这方面研究，将来要改良他，就可以减少许多阻力。

以上说的是第二步工夫。我们要知道病的起源，一部分是空间的关系，一部分是时间的关系，因为明白这两种的关系，才能够诊断那病是怎样发生的。以下我就要说开方和用药的方法。

三、怎样用药

要是我们不知道病在什么地方，不知道病从何而来，纵使用了好些药，也是没有功效的。已经知道病在那里，已经知道病的起因，还要明白药性和用药的方法。我在这里可以举出两个法子来：第一是调查。我们把问题各种特别的情形调查清楚，然后想法子去补救，这是我已经说过的。现在可以不必讲。第二是参考。我曾说用汤头来治病是不对的。因为有些地方要得着参考材料，才可以规定用药的方法。检查温度，试验大小便，分析血液，这些事体要医生才知道。若是给我做也做不来。这是什么缘故？因为我不是医生。没有拿什么大小便血液来比较或参考过的缘故。若是我们对于一个问题，不能多得参考的材料，虽然调查得很清楚，也是无用。

我们所用参考的材料，除用社会学、经济学、历史和其他的参考书以外，还要参考人家研究的结果。比方对于娼妓制度，要看人家怎样对付，结果又是怎样。禁酒问题，人家怎样立法，怎样教育，怎样鼓吹，结果都是什么。我不是说要用人所得的结果来做模范，因为那很容易陷到盲从的地步。我们只要知道在同一的问题里头，那一部分和人相同，那一部分和人不同。将各部分详细的比较，详细的参考，然后定补救的方法。

有人从美国回来，看见人家禁酒有了成效，就想摹仿人家。孰不知美国的酒害与中国的酒害很不相同，那里能够把他们的法子全然应用呢！美国的酒鬼，常常在街上打人，或是在家里打老婆；中国的醉翁，和他们是很不相同的。情形既然不同，就不能像人家用讲演或登报的方法来鼓吹。譬如要去北京的酒害，就得调查饮酒的人，看他们的酒癖和精神生计等等，有什么关系。何以酒害对于上等人不发生关系，专在下等人中间显露出来。我们拿这些事实来比较，又将别人所得的结果来参考，然后断定那用药的方法。我们能够聚集许多参考材料，把他们画成一张图表，为的是容易比较，所以参考材料不怕多，越多越好比较。

四、用药的功效

这里所谓功效，和社会学家的说法不同。社会学家不过把用药以后的社会现象记出来，此外可以不计较。社会改良家，一说就要自己动手去做，他所说的方法，一定要合乎实用才成。天下有许多好事，给好人弄坏了，这缘故是因为他有好良心，却没有好方法，所以常常偾事。社会改良家的失败，也是由于不去研究补救的方法而来。现在西洋所用的方法很多，我就将几样可以供我们参考的举出来：

（一）公开事业　有许多问题，一到公开的时候，那问题已是解决一大半了。公开的意思，就是把那问题的真相公布出来，教大家都能了解。社会改良家的职份，就是要把社会的秘密，社会的黑幕揭开。中国现在有许多黑幕书籍，他说是黑幕，其实里头一点真事也没有。不过是一班坏人，用些枝枝节节的方法，鼓吹人去做坏事罢了。这里所说的公开，自然不是和那黑幕书一样。比方北京娼妓的情形，这里的人到南方去买女子，或是用几十块钱去典回来；到北京以后，所有的杂费、器具、房屋都不能自己预备。做妓女的到这时候就要借钱，但一借就是四分利息，纵使个个月都赚钱，也不够还利息的。娼妓因为经济给这班人拿住，就不能挣脱。只有俯首下心去干那卫生活。久而久之，也就不觉得痛苦了。遇着这种情形，若是调查社会的人把他发表出来，教人人明白黑幕里的勾当。以后有机会，再加上政治的权力把那黑幕除掉，那问题就完全解决了。

（二）模范生活　　现在有许多人主张大学移殖事业。这种事业，英文叫做（Social settlement）。翻出来就是"社会的殖民地"。但我以为翻做"贫民区域居留地"更好。移殖事业是怎样的呢？比方这里有许多大学的学生，暑假的时候，不上西山去，不到北戴河去，结几个同志到城市中极贫穷的区域去住，在那里教一般的贫民念书、游戏和等等日用的常识。贫民得着大学生和他们住在一块，就渐渐地受感化。因此可以减掉许多困难的问题。我们做学生的一定要牺牲一点工夫，去做这模范生活，因为我们对于这事，不但要宣传，而且要尽力去实行。

（三）社会的立法　　社会的立法，就是用社会的权力，教政府立一种好的法度。这事我们还不配讲，因为有些地方，不能由下面做上来，还要由上面做下去。我们在唐山看见一种包工制度，一个工人的工钱，本来是一元，但是工头都包去招些七毛的，得七毛的也不做工，包给六毛的，得六毛的就去招一班人来，住在一个"乌窑"里头。他们的工钱，都给那得六毛的、得七毛的，得一元的工头分散了。他们一天的生活，只靠着五个铜子，要教他们出来组织工党，是不成功的。欧美各国的工人，都能要求政府立法，因为好些事是他们自己的能力所办不到的，好像身体损伤保险，生命保险，子女的保护和工作时间的规定，都是要靠社会的立法才能办得到的。上海的女子在工厂里做工，只能赚九个铜子，教他们自己去要求以上那些事，自然办不到。所以要靠着社会替他们设法，我们由历史方面看，国家是一种最有用的工具。用的好就可以替社会造福，社会改良家一定要利用他，因为他可以帮助我们做好些事。

以上三种方法，不过是略略地举一些例。此外还有许多方法，因为不大合我们的采用，所以我不讲。

结　论

我已经把研究社会问题四层的工夫讲完了。总结起来，可以分做两面：一面是研究的人，自己应当动手去做，不要整天住在家里，只会空口说白话。第二面是要多得参考的材料。从前就是因为没有参考材料，所以不发生问题。现在可就不然，所以我很盼望各位一面要做研究的学者，一面要做改良社会的实行家。